登場人物
Characters
紹介
カイル
JN006261

登場人物
Characters
紹介
ユイ
エリサ

ヴォルガン
リエトン

二人は己の拳をぎゅっと握り、俺の顔を見据える。
「私たち、勇者になりたいの！
勇者になって、誰かの役に立ちたい！」
「で、です！」

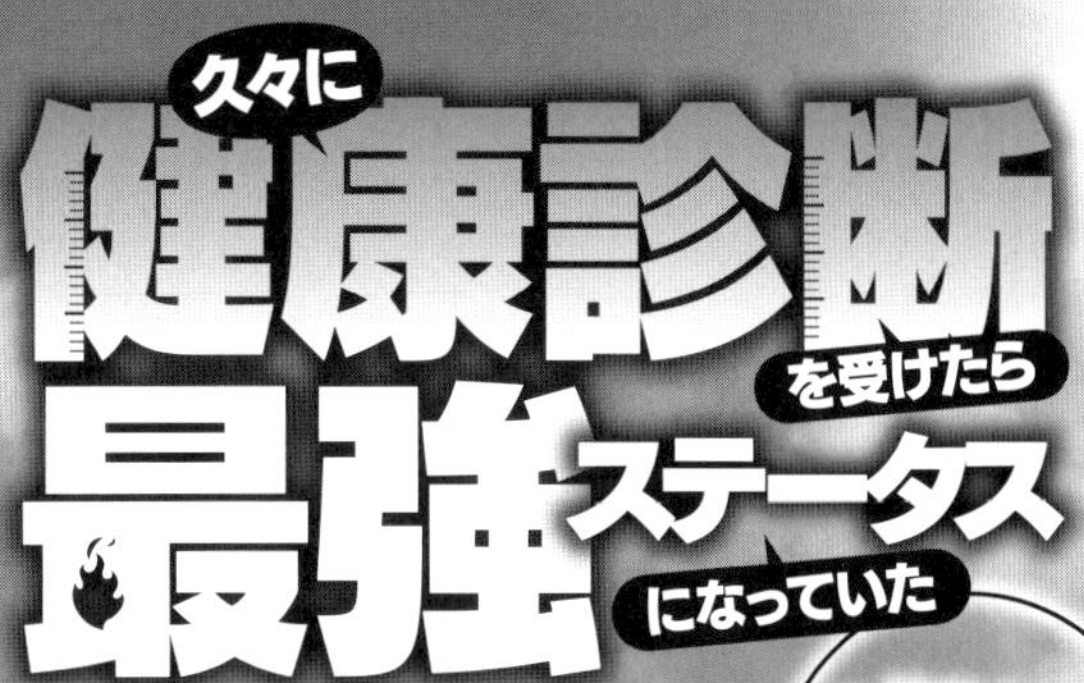

～追放されたオッサン冒険者、今更英雄を目指す～

夜分長文 YABUN NAGAFUMI ／ 原案：はにゅう HANYU
イラスト：桑島黎音 KUWASHIMA REIN

目次

プロローグ

「カイル、お前のような無能は必要ないんだよ！」

「そ、そんな！　待ってくれよ！　俺は……！」

十年前、俺はとある冒険者パーティーを追放された。理由なんて自分でも分かっている。今考えても、反論の余地なんてなかっただろう。なんせ、俺がただの無能だったのだから。ステータスは平均以下でろくに戦えもしない。だから、少しでも役に立とうと俺はパーティーの汚れ仕事を率先してやっていた。戦闘中に発生した損害の後処理、依頼中のミスの謝罪など諸々だ。しかしいつかはそんなことも不要になる。金や魔法でいくらでも誤魔化しが利くようになるからだ。

パーティーがSランクに昇格したと同時に、俺は追放を言い渡された。


それ以降十年間、俺はソロで冒険者をしている。

「にしても……最近は力が有り余るなぁ」

ソロでの活動当初はEランクの簡単な依頼をこなしていたのだが、十年後の今はなぜかSランクの依頼も任されるようになっていた。最初の一年くらいは毎日Eランクの依頼をこなすのでやっとだった。周囲からの期待もない。だが、二年、三年と時を重ねるにつれて次第にDランクやCランク依頼を達成できるようになっていた。五年目くらいには明らかに俺の強さは変化していた。なんの修行もせず、日々依頼をこなしていただけなのに自分の実力が格段に上がっていくようになったのだ。攻撃力だけでなく、体力までもが飛躍的に伸び、こなせる依頼のランクも急激に上がっていき、知らないうちに冒険者ギルドでは有名になっていたのだ。

正直、意味が分からない。Sランクの依頼は名前の通り、特別なランクである。最低ランクはEであり、猫探しだったり採取依頼だったりが基本。大体Cランクくらいから魔物討伐を任されるようになる。もちろん、魔物にもランクがあり、それに比例するように依頼のランクも上がっていく。俺が現在任されているSランクは国家の中でも最上位、それもソロではなく基本的にパーティー単位で任されるものだ。

しかも平均的に、冒険者の全盛期は二十五歳程度だと言われている。それ以降はどんどん衰え、最終的に三十になれば引退していく者が多い。

俺は現在三十歳ジャスト。冒険者としてはオッサンの部類に入る人間。

なのになぜかオーガをワンパンしていた。素手で殴るだけで、簡単に魔物が消し飛ぶのだ。

うん。意味が分からない。

「これで依頼はクリアか」

頼まれていた素材をオーガから剥ぎ取り、俺は帰路につく。ちなみにオーガのランクはS。通常のパーティーでは到底討伐することのできない魔物である。そんな魔物を俺はなぜかワンパンで倒していた。自分でも意味が分からない。

年を重ねるにつれ、日を重ねるにつれ、俺はどんどん強くなっているような気がした。

「金は稼げてるけど……さすがに怖いなぁ」

自分の力が怖かった。有り余る力が怖かった。普通はこんな馬鹿げた力を手に入れるには特別な努力だったり才能だったりがいると思う。けれど、別に俺は特別な特訓をしているわけでもない。強いて言えば、一日にスクワットと腕立てを百回している程度である。それだけでSランクの魔物をワンパンで倒せるようになるのか……？　普通はありえないと思うんだけどな。

「さすがに怖いから健康診断でも受けてみるか。変な呪いとかかけられていたら怖いし」

というわけで、齢三十にして俺は、少年時代ぶりに健康診断を受けることにした。万が一【一時的に強くなる代わりに、早死にします】みたいなデバフを付与されてたら怖い。前々から呪いかもしれないと思っていたのだ。だって普通はSランクの魔物をワンパンで倒せるようになるなんて考えられないだろ。

最近はパーティーに勧誘されることも多かったが、呪いが怖くて「俺、いつ死ぬか分からないから」と断ってきた。しかしずっとソロで活動するのも寂しいし、検査をするなら今だと思ったのだ。

嫌だなぁ、怖いなぁと思いながらも迎えた健康診断当日。俺は半ば緊張しながら待合室で待っていた。

すべての検査を終え、今は結果を待っているところである。どうしよう。これで余命宣告されたら。正直そんなことされたらオッサン、みっともなく泣いちゃうかもしれない。

「怖いな……ガチで怖いな……」

俺は近場に置いてあった漫画を読みながらも、貧乏ゆすりが止まらなかった。漫画の内容なんて全く入ってこない。そもそも俺は病院が嫌いなんだ。だって病院ってのはなんやかんやで痛い思いをすることが多い。誰だって子供の頃に病院で嫌な思いはしたことがあるだろう。俺だってそうだ。

こんな時間、耐えられるわけがない。

「うおおおお！　余命五ヶ月とか……僕は、僕はどうすればいいんだぁぁぁぁ!!」

「おおっ……」

診察室から青年が泣きながら飛び出してきた。涙を流しながら廊下を走り抜けていく。

え、余命宣告されたの？

こんな小さな病院で？　嘘でしょ？　普通そんなことある？　こういうのってめちゃくちゃ大きい病院だけなんじゃないの？　ヤバい。怖い。え、死ぬの？

貧乏ゆすりが止まらない。漫画なんて手の震えでしわくちゃになっていた。もうこれが病院の備品だとかそんなの考える余裕なんてなかった。

「カイル様ぁ。診察室までお入りください」

「は、はい」

看護師さんが俺を呼ぶ。否、今の俺にとっては死の宣告に近い。しかしながら、腐っても自分はオッサン。三十歳。もう怖いから逃げるなんてことをできる年齢じゃない。しかも病院の診察程度で。

怖いが仕方ない。俺は立ち向かわなければならない。余命宣告されたらその時だ。その時は泣こう。この時くらいはオッサンだって子供みたいに泣きまくっても許されるだろう。

貯金はたくさんあるし、泣きまくった後は有り金をすべて溶かして楽しい旅行でもしよう。

俺は震えながら診察室の扉を開ける。そして、医者の前に座る。

「ええと……カイルさん」

「はい……」

医者が静かに紙を眺めている。一体、俺は今から何を言われるのだろうか。やはり余命宣告か、呪いか。死ぬのか。ツバを飲み込み、医者の声を待つ。

「あなたのステータス、平均値より大幅にオーバーしています。というか、こんなステータス見たことありません。まるで魔族の体を診察した気分ですよ」

「は、はい？」

俺に宣告されたのは、想像とは百八十度違うものだった。

レベル	不明
攻撃力	15356
防御力	12352
魔法攻撃	13462
魔法防御	16423

「レベルが不明……そしてなによりすべてのステータスが限界突破しています。あ、これが一般的

な冒険者の全盛期の平均ステータスね」

「え、ええ」

医者はそう言いながら、俺のステータスと平均のステータスを並べる。

名前　カイル
レベル　不明
攻撃力　15356
防御力　12352
魔法攻撃　13462
魔法防御　16423

冒険者平均ステータス
レベル　50
攻撃力　130
防御力　120
魔法攻撃　1000
魔法防御　85

な、なにこれ。これが冒険者の全盛期の平均ってマジで言っているのか？　それで俺のステータスの方もマジで言っているのか？

「それでですね、私の方で原因を探ってみたんですよ」

「その……原因とは？」

俺はすぐさま現実に返る。やはり呪いか。俺は呪いに侵されているのか。ゴクリとツバを飲み込み、死を覚悟する。

「成人の日に行われたスキル鑑定の儀を覚えていますかね？」

「スキル鑑定の儀……ですか？」

スキル鑑定の儀とは、成人――十五歳になった人間たちに行われる儀式である。

そこで、人間は一人一つユニークスキルを得る。

「ええと、すみません。十五年も前のことなんで覚えていませんね。確か俺が手に入れたスキルもよく分からないものだったので、内容も忘れちゃいましたよ」

スキル鑑定の儀で手に入れるスキルによっては人生が大きく左右される。ある者は【剣聖】になり、すべての剣技の頂点に立ち、ある者は【賢者】となりすべての魔法を理解する。しかしハズレスキルも存在する。たとえば【農民】。あれは平凡を望む者には十分かもしれないが、世間的に言えばハズレスキルに分類される。俺のスキルもそんな感じのハズレスキルだったと記憶している。

スキルはある意味資格のようなもの。これ一つで自分の能力が変わってくるので、人生に大きく影響を与えるのだ。

しかし、その後に手に入れることができる魔法で、職業を選ばない&努力をすればある程度どうにかなった。だから俺は自分が得たスキルなんてものは覚えていなかった。

「そうですか。ちなみに、あなたがその時に得たスキルは【晩成】です」

「ああ、確かそんなものだった気がします。懐かしいなぁ」

確か神官には『能力は不明』と言われた記憶がある。だから努力で得られる魔法でどうにかしなさいと言われていた。

「でも、そのスキルが今更俺に何か関係あるんですか？」

能力が不明のスキルなんて、今更関係してくるとは思えない。しかし、医者は静かに語る。

「精密検査の結果、ユニークスキル【晩成】が覚醒していることが分かりました」

「覚醒……？　それはどういう」

そう尋ねると、医者は腕を組む。何か深刻な話があるようだ。

「このスキルは【一日に少しずつステータスが上がる】というものでした。スキル鑑定の儀から十五年が経過し、当時は力の片鱗(へんりん)を一切見せることなくカイルさんの内に秘められていたスキルですが……時間経過によって少しずつ力が強まり、ようやく今覚醒したようです。この覚醒によって、不明だった能力が検査により判明したものだと思われます」

「え、つまり俺は？」

「塵(ちり)も積もれば山となると言いますが、まさにその通り。あなたの体は【晩成】の覚醒により、人間を逸脱しました」

「……は？」

余命宣告でも呪いでもなく、俺に宣告されたのは『人間からの逸脱』であった。

◇◇◇

「体はいたって健康体……俺のユニークスキルがヤバい、か」

まさか俺のスキルが今更覚醒するなんてな。いや、普通に考えて今更すぎるわ。どうせなら追放される前に覚醒してほしかったよ。だから歳を重ねて、衰えを感じるどころか力が有り余っていたんだな。まあ色々思うところはあるけれど、人生、不思議なことがあるもんだ。

俺はギルドの扉を開き、依頼ボードにどんなものが貼り付けられているか確認しに行く。

低ランクから高ランクまで、ありとあらゆる依頼が並んでいる。正直、こんな依頼誰も取らないだろみたいなのもある。さて、どうしようかと悩んでいたその時のことだ。

「カイル！　今度こそ私たちのパーティーに入ってもらうわよ！」

「お、お願いします！」

「……お前らか」

肩あたりまで伸びた赤い髪が魔法使いのエリサ。白銀の髪を後ろでまとめて、くるりとしているのが弓使いのユイ。見たところ二人は十代後半。冒険者としては新人で、まだまだこれからといった感じだ。……だというのに、この子たちはオッサンである俺に、なぜかよくつきまとっていた。

俺が強いからって理由でパーティーに誘ってくる人間は多かったが、長いあいだ断ってきたから今はこの二人だけである。失礼かもしれないが、物好きだなぁと思っていた。

なんせ、『いつ死ぬか分からないから』なんて言っているオッサンに絡み続けるなんて俺なら無理だ。自分で言うのもなんだが、普通に面倒くさい。なんかあれだ。オカルトめいた胡散臭い人間に見える。我ながら自己評価は最悪なものだが、大体そんなところである。

ともあれ。

「俺も仲間を探しているからちょうどいいんだけど……まあ一応聞かせてくれ」

以前は仲間なんて考えもしなかったが、俺のスキルがどうなっているのか分かった今は仲間が欲しいと思っている。だが、やはり仲間選びはきちんとしておきたい。

二人をちらりと見て、瞳の奥を覗き込む。

「一体、何を企んでいるんだ？　俺みたいな変なオッサンにつきまとうってことは、何か考えがあるって思っているんだが」

「やっとまともに取り合ってくれそうって思ったら……はは。まあそうだよね。そりゃ、裏があるのはバレるか」

「ええと……」

エリサは苦笑しながら頭を掻き、ユイは慌てている様子だ。案の定、俺をストーキングしていたのには理由がありそうである。

「困ったなぁ～……私、こういう交渉系って得意じゃないんだよねぇ……」

「聞かせてくれよ。オッサンってのは、若い子の考えは聞いとかないと脳が腐っちまうからな」

俺が誘導するように言うと、エリサは静かに頷く。そして、顔を見上げてきた。

「あなたと組めば、私たちは成長できる気がするの。だから、力を貸してほしい」

「成長……ねぇ。オッサンは生憎と誰かの面倒を見て育成するのは得意じゃねえんだが」

あえて、断るような言い回しをしてみる。俺自身もパーティーは組みたいって思っていたから断る理由もないのだが、一応彼女たちの考えをもっと聞きたかったからだ。

「カ、カイルさんは昔は弱かったと聞きました。でも、次第に強くなっていって……そして最高ランクの依頼を任されるようになった、と。だから、ええと」

ユイはおどおどとしながら地面を見る。指をくるくるとその場で動かし、そこから先をなんとも言いにくそうにしていた。

「はっきり言うじゃねえか」

この子たちは、目的を持ち勇気を振り絞って俺に声をかけ続けてきたわけだ。損得を考えて行動しているのはオッサンとしては好感が持てる。

「しかし、交渉するには目的が少し抽象的だな。勇気は認めるが、ハッキリと言えるようになったら、また声かけてくれ」

だが、俺も仲間は選びたい。

組めれば誰でもいいわけじゃなく、しっかりと選別はしておきたいところだ。

「ああ！　待ってよカイル！」

「カイルさん！」

俺はぐっと伸びをしながら、ギルドの扉を開いて外に出る。まあ少し時間を置いて、また声をかけられたらもう一度理由を聞いてみよう。

一応、俺も王都付近で適当に仲間によさそうなメンツでも探すか。

◇◇◇

「結局ソロ……か」

王都郊外の森。端は崖で、崖下にはまた別の森が広がっている。あれから、俺は王都を散策しながら仲間を探していたのだが、結局誰もよさそうな人は見つからなかった。もちろん興味を持たれることはあった。そりゃ、腐っても高難易度な依頼をこなしているのだ。嫌でも知名度はある。

だが、俺が仲間になりたいと思える人はいなかった。クソ……これならエリサたちと組んだ方がよかったかもしれない。

でもなぁ……やっぱり俺は仲間になるなら本心が知りたい。

「面倒くさい性格しているなぁ……まったく」

言って、俺は討伐対象である魔物を探す。

やっぱり一人は寂しいな。荷物も全部自分持ちだし。

「バフを付与する！」

「分かりました！」

「んあ？」

走っていると、何か聞き覚えのある声が崖下から聞こえてきた。

俺はゆっくりと走るのをやめ、声がした方を覗き込む。

「あれは……エリサとユイか」

それと。

「ゴブリンの群れ……依頼の最中ってところか」

彼女たちの正面には、複数体のゴブリンがいた。状況から察するに、依頼対象の魔物と接敵したといったところだろう。

「しかし……微妙だな。なんか嚙み合っていない」

ある程度組んでいる歴はあるだろうから、一定の連携は取れているが……あれは一体の魔物に対する戦法だ。一人がバフに徹し、一人が攻撃に徹する。一体一体の魔物には有効だが、数がいると攻撃する人間の負担が大きい。

現状だと、押されている。

「上手く……いかない……！」

「や、やばいかもです……！　エリサ……！」

たつく。

仕方ねえな。

俺は崖から飛び降り、すっと拳を引く。

「二人とも！　避けろ！」

「え!?」

「な、なんですか!?」

俺の声に反応し、二人は慌てて回避行動を取る。反応速度は悪くない。とはいえ、一応の目標はゴブリンだから……！

『ア？』

『アア？』

「さて、と……」

そして、着地すると同時に勢いを乗せたまま地面を思い切り殴った。瞬間、爆発音が響き渡る。

地面は大きく抉れ、衝撃波が周囲に轟いた。近場にいたターゲットであるゴブリンは言葉を発する間もなく、跡形もなく消し飛ぶ。俺は地面にめり込んだ拳を引き抜き、ふうと息をついた。

「大丈夫か？　二人とも」

「あ、ええと……カイル!?」

「カイルさん……!?」

「あ、ごめん。二人の討伐対象、咄嗟に消し飛ばしちゃったけど……今回の依頼って捕獲とかじゃないよな？　もしそうだったら、邪魔して悪かった」

なんか深刻そうな表情で聞いてきたので、思わず聞き返してしまった。もしかしたら、依頼書とは違うことをやらかしたかもしれないと思ったからだ。若い子に実力を見せることなんて、なかなかなかったから少し張り切りすぎたかもしれない。

「いや、大丈夫。助けてくれてありがとう！」

「あ、ありがとうございます！」

「いいんだ。気にすんな」

俺はそう言って、踵(きびす)を返す。二人を助けることができたし、目的は達成だ。

「あ、あのさ！」

「ん？」

エリサが叫んで、俺の歩みを引き留める。何やら決意めいた表情を浮かべていた。

「私たち、ハッキリと伝えるよ。カイルに」

「え、あ！　は、はい！」

二人は己の拳をぎゅっと握り、俺の顔を見据える。

「私たち、勇者になりたいの！　勇者になって、誰かの役に立ちたい！」

「で、です！」

「勇者……？　そりゃお前ら、理由を教えてくれとは言ったけど……勇者ってのはここ数百年、国家から正式に認められた人間はいないって話だぞ」

自称勇者はいたが、公認の者は出ていない。なんせ、国家からの承認がいるのだ。ギルドで活躍し、Sランクになったとしても承認なんてそうそう下りない。国王様に認められる必要があるとかないとかもっぱらの噂だが、そもそも国王様に近づくことすら難しいから、達成できた人間は数百年現れていない。

「分かってるよ！　でも……なるって決めたの！」

そう言って、俺に詰め寄ってくる。

「だからカイルの力が必要なの！　私たちに色々と教えてほしいんだ！」

「です！」

「ははぁ……お前ら……」

なんて大層な目標なんだ。聞いたのは俺の方だが、ちょっとびっくりである。正直、夢物語だなとは思う。一言でいうなら若く、青い。しかしながら、彼女たちの目は真剣そのものだ。なんて……分析するほど偉い身分でもないが、それでも俺はそう思った。彼女たちは本物だ、そんな気がした。

「まあ……いいぜ。俺からハッキリと教えてくれって言ったんだ。仲間になるよ。俺も俺でメリットはあるしな」

にやりと笑いながら答えると、二人はお互いを見つめ合う。少しばかりの静寂が続いたかと思うと――。

「やった！　ありがとう！」

「ありがとうございます！」

「気にすんな。お互いウィンウィンでいこうぜ。俺も荷物持ちが欲しかったんだ。ついでに、俺でよければ面倒を見るよ」

「それでいい！　交渉ってのは、そういうものだからね！」

大喜びの二人であったが、ユイがこほんと咳払(せきばら)いをする。

「それでは」

「そうだね」

言って、二人が手を差し出してきた。

「よろしく。カイル！」

「よろしくお願いいたします！」

「ああ。これからは仲間だ」

「これからいっぱい頑張ろうね！　本当に入ってくれてありがとう！　ええと……私たちCランクパーティーだけど……」

「あまり強いパーティーじゃないんですが……入ってくれてわたし、嬉(うれ)しいです！」

「大丈夫大丈夫。パーティーランクなんて、二人とも若いんだからすぐ上がるさ」

いやー、しかしソロ活動ばっかしてたから迷惑かけないようにしないとな。期待を裏切らないよう、頑張るか。

「改めまして、ようこそ私たちのパーティー『英雄の証（あかし）』へ！」

「『英雄の証』かぁ……しかし勇者になりたいのに『英雄』なんだな」

俺は王都へ帰還する馬車に揺られながら、そんなことをぼそりと呟（つぶや）いた。窓の外には草原が広がっており、そろそろ王都へと入る頃合いだろう。新たに所属することになった『英雄の証』。響きからして、オッサンには似合わない名前だ。なんだか場違いな気がして、少し恥ずかしい。

ともあれ、英雄と勇者とでは大きく違ってくる。勇者っていうのはあくまで称号だ。国王に認められることができたら、なれなくはないだろう。だけど英雄は違う。それこそ英雄というのは概念的な要素が強い。勇者の称号は国王様の一声で手に入るが、英雄と呼ばれた冒険者は伝記くらいでしか聞いたことがない。

「そこが気になるだなんてさすがだね！　まああれだよ。目標は大きく、ってね！」

「なるほどな。目標がでかいのはいいことだ」

「にしてもだよ……ねえユイ！」

「ふふふ……」

「カイルが私たちのパーティーに入ってるよ！」

「ゴブリンに襲われたのは想定外でしたけど……結果的にカイルさんゲット計画、上手（うま）くいきましたね！」

「まったく、まんまと乗せられちまったよ」

いやぁ、しかし若い子に求められるってのはいいものだ。オッサン、久々に生まれてきてよかったなと思えたよ。まあ若い子たちに引かれない程度に、そして期待を裏切らないように頑張るか。

「しかし、二人の最終目標は勇者か。なんだか想像できねえな」

「想像できないかもだけどさ！　想像できないことを実現しようと行動するのって素敵だと思うんだ！」

「です！　生きるって楽しいって思える気がします！」

「ははぁ……お前らは俺よりずっと立派だよ」

少し感心してしまった。俺がこの子たちくらいの頃なんて、現実ばかりに追われて、夢なんて見る余裕なんてなかった。いや、正しくは見ようともしていなかったのかもしれない。

「最終目標としては百点だな」

「まあ……恥ずかしくて言えないんだけどね」

「わたしたちには、やっぱり難しいかなって……」

「そんなことないさ。仲間になった以上、俺が全力でバックアップする。修行だっていくらでも付き合うよ。なんたって無駄に三十年生きているからな」

本当に今更だけど、俺のスキルを生かすのは今なのかもしれない。三十年生きてきて、やっとか。

「ふふふ。もちろん付き合ってもらうわ」

「ウィンウィンな関係、ですもんね！」

「まったく、敵わねえな」

んじゃ、俺の最終目標は彼女たちを勇者に育てることだ。三十年生きてきて、こんな壮大な目標を掲げたのは生まれて初めてだ。俺には目標なんてなかった。強いて言うなら、明日を生きるために適度に頑張ることくらいだった。

「さて、依頼達成を報告しに行くか」

ギルド前に到着した俺たちは、馬車から飛び降りて御者さんにお礼を伝える。ぐっと伸びをした後、扉をくぐった。相変わらず中は騒がしく、冒険者たちは酒を楽しそうに飲んでいる。

この光景を見ると、少しばかり安心してしまう。やっぱり俺にとってギルドは我が家みたいなもんだからな。

「受付嬢さん！　ちょっといいかな！」

「はいはーい！　あ、カイルさん！」

受付嬢さんの溌剌とした声が奥から聞こえてくる。さっさと依頼達成を報告して、ゆっくりと休みたいものだ。

そう考えながら、カウンターに手を置こうとした瞬間のことだった。

「お前ら動くなぁ！　魔族様が来てやったぜぇ!?」

「な、なに!?」

「なんですか!?」

何やら入り口から騒々しい声が聞こえたかと思うと、人間とは異なる姿の男が入ってきた。

よく見てみると、額には角が生えており、武器も持っている。間違いなく魔族であり、敵であった。

「へへへ！　そこの受付嬢！　さっさと金をこの袋に詰めろ！」

「ひ、ひえ！」

「……魔族か」

魔族とは、簡単に言えば人間とはまた違った種族のことだ。現在でも分からないことは多いが、少なくとも近しい種族だとは言われている。人間にも人種があるように、彼らもあるようだが研究が進んでいないためあまりハッキリとは分かっていない。ともあれ、ここレイピア王国に現れる魔族は額に角が生えているタイプが多い。

「面倒なんだよな……たっく」

人間に近しいとは言ったが、能力は人間のそれとは桁違いだ。魔力も力も上。だから恐れられている。

魔族は麻袋を受付嬢に突きつけ、金を入れるよう脅している。近頃、魔族が人間界に入り込んでいるという話が出ていたが、まさか王都にまで来ているとはな。

「ま、魔族!?」

「や、やばくないですか!?」

「やばい。だから止めないといけない」

魔族が人間の通貨を求めるのは、物資の調達のためと言われている。近々、人間に対する大きな攻撃を企んでいるという噂があるのだ。だから、こういうのは止めないといけない。俺の役目ではないかもしれないが、今できる人間は俺しかいないだろう。俺は魔族のところまで歩いていき、肩を叩く。

「ああ!?　なんだてめえ!?」

「すんません。そういうの、ちょっとやめませんか。つっても、やめないよな」

「俺様が誰か知って話しかけてんのかぁ!?　ああ!?」

「……知ってるさ。魔族さんだろ？」

俺は魔族の肩を何度も叩きながら、ため息をつく。

「カイルさん……！」

「受付嬢さんは隠れてて。お金は出さなくてもいいですから」

「ちょ！　おいてめえ！　なに勝手に言ってんだ！」

俺の発言に苛立ちを覚えたのか、魔族が胸ぐらを掴んでくる。やはり相手は魔族ということもあって、力は強い。簡単に俺の体は宙に浮かび、首が絞められる。

「ダメだわこいつ。今ここで見せしめとして殺すわ」

言いながら、魔族はどこからともなくナイフを取り出す。ナイフには魔法が付与されているようだ。見たところ《殺傷上昇》《一撃強化》のバフがかかっている。こんなの喰らったら、即座に天国行きだ。

「カイル!! 　さすがにこれ、まずいんじゃない!?」

「ほ、本当に大丈夫なんですか!?」

あちゃ……さすがに仲間に心配をかけるのはよくないな。オッサンの心配なんてしなくてもいいんだけど、彼女たちは優しいから真剣に心配をしてしまうだろう。

そりゃよくない。若いのに、不安なことが増えるのはダメだ。

「死ね！　人間風情が――」

「はぁ……」

俺は空気を肺の中に吸い込む。深呼吸。時間がゆっくりになるのを感じる。相手の動きはとろい。

実力差は明確。断然俺の方が上手だ。ともあれ、全力で殴ってしまったらギルド内が大変なことになってしまうかもしれない……あまり人前で力を使ったことがないから、加減が分からないな……。

まあ、やってみるか。

「少し控えめなパンチ」

「は――」

瞬間、爆音がギルド内に響き渡る。俺が放った拳は魔族の体に直撃。

一瞬のうちに放たれた一撃に魔族は耐えることができず、その場から吹き飛んでいく。

あ、やべ。

力の加減、ミスったかもしれない。想像の数十倍吹き飛んでいってしまった。床はボロボロだし
……これは弁償コースか。

「うがぁぁぁぁぁぁあ!?」

地面には魔族が持っていたナイフだけが静かに転がる。俺はナイフを回収し、そっとカウンターにのせた。

「すみません受付嬢さん。ギルドの中、散らかしちゃいました」

「だ、大丈夫です！　ありがとうございますっ！」

刹那(せつな)、ギルド内から歓声が上がる。

「うおおおお！　さすがはカイルだぜ！」

「俺らが誇る最強の男だ！」

「魔族をワンパンしやがったぞ!!」

「ははは……ありがとう」

俺は適当に会釈をしながら、魔族の方へと歩く。

「さて、魔族さんは、っと」

「ひえぇぇぇぇ!!　クソォ！　覚えてやがれ！　絶対に後悔することになるからな！」

「あっ、逃げた」

俺が近づこうとした瞬間に、転移魔法を発動してその場から消えた。ああ……捕獲しておいた方がよかったんだけどな。仕方ない。ひとまずは何も起こらなくてよかったってことにするか。去り際に一瞬にやりと笑っていたような気がするが、ともあれ気にするほどではないだろう。

俺はふうと息をつきながら、エリサたちの元へ向かう。

「ごめん。心配かけちゃって」

「魔族を一撃で倒した!? ねね、今一撃で倒したよね!?」

「魔族って……討伐ランクはSですよ！ それを一撃で……!?」

「あ、ごめん。驚かせちゃったよな」

俺はできるだけ人前で力を見せるのは控えていた。面倒ごとに巻き込まれるのは嫌だったからだ。今回ばかりは仕方がなかったが、正直、想像通りの反応が周囲から巻き起こった。やはり使いどころはわきまえなければならない。

「驚きまくりだよ！ Sランクの相手でも一撃で倒すって噂、本当だったんだ……！」

「エリサ、わたし言いましたよね！ あの噂は絶対本当だって！ 本当でしたよね！」

「うん！ 本当だった！ やっぱり噂通りの人だよ！」

「やばいです！ 超パネエです！」

「って、うお!?」

興奮が収まらなかったのか、急に二人が抱きついてきた。そして、俺の胸の中で相変わらずハイテンションではしゃいでいる。

「こ、困ったな……。これ、セクハラにならないよな……」

俺の頭の中は心配でいっぱいだった。だってアラサーのオッサンの胸に飛び込む十代女性って、明らかに犯罪臭がヤバすぎる。俺なら速攻通報している。

少しばかり緊張しながら周囲を見るが、なぜか温かい視線が注がれているだけだったので良しとしよう。こういうこともある。

そんなこんなで、俺たちは受付嬢さんに依頼達成の報告をすることにした。

「こちら、報酬金になります！　それとおまけで魔族を追い払ってくれた分も足しておきますね！」

「色々と壊しちゃったのに、なんかすみません……」

「いいんですよ！　魔族を追い払った事実は変わらないんですから！」

俺は頭を掻きながら、報酬金を受け取る。色々と壊しちゃったのは本当だから、なんだか申し訳ないなぁ。

「んで、ほい」

そして、お金が入った麻袋をエリサたちに投げ渡す。

「わわ！　え、貰っていいの!?」

「いいんですか!?」

「二人は仲間なんだ。遠慮しないでくれ」

「で、でもカイルの分はそれだけでいいの？」

エリサが俺の手のひらにある一枚のお札を見て、不思議そうに尋ねてきた。

「いいんだよ。オッサンは無駄に蓄えがあるんだ。こういうのは若者に還元していかないとな」

「やったー！」

「ありがとうございます！」

俺はそう言いながら、カウンターに体重を預ける。にしても、俺は本当に人間を逸脱してしまったんだな。昔じゃ、魔族を一撃（ワンパン）で撃退するなんてできなかっただろうし。

病院では問題ないって言われたけど、たまには顔出して診察してもらった方がいいかもしれない。

正直、行くのは嫌だけど、万が一のことがあったら困る。昔は行かない言い訳なんていくらでも作れたけど……。

「お金いっぱい！」

「今日のご飯は何にしますか!?」

今は二人がいる。こんなにも元気溌剌な子たちがいるのだ。

仲間、できちまったからな。何かあって悲しませたら、仲間として失格だ。本当、病院は嫌だけど。

「あ、そういえば」

俺が病院のことを考えながら嘆息していると、受付嬢さんが肩を叩いてくる。振り返ってみれば、なにやら依頼書を見ているようだった。

「カイルさん宛てに依頼が届いていましたよ。貴族様から」

「貴族さんが？　俺にですか？」

「ですです。さすがはカイルさんですね。貴族様にも注目されているようですよ」

俺を指名して依頼をしてくる人なんて初めてだ。ありがたいと思うと同時に、少しだけ億劫（おっくう）に思う。あんまやりたくないけど、今は仲間もいるし受けた方がいいか。

「貴族！　マジマジ!?」

「本当ですか!?」

エリサとユイが間に入ってきて、依頼書を眺める。

「伯爵からじゃん！」

「報酬金もすごいですよこれ！」

ふむ。まあさすがは貴族だけあって報酬金は大金だ。にしても……討伐対象がワームか。

これまた面倒くさい相手が現れたものだな。ワームという魔物は色々と厄介だ。対人だけではなく、土地そのものに影響を与えてくる。鉱物が餌だから平気で山を抉るし、そのせいで土砂災害が起きたり山が消えたりするからな。

「そして『英雄の証』にとっては朗報です。当ギルドでは、今回の依頼を達成したらBランク昇格も検討しております！」

「え!?　マジ!?」

「えええ！　いいんですか!?」

「はい！　さすがに貴族様の依頼を達成したパーティーをCランクのままにしておくというのは、ギルドとしてもどうかと思いまして！」

「よっしゃー！」

「チャンス到来ですね！」

俺は盛り上がっている二人の肩を冷静な気持ちで叩く。まったく、若いなぁ。

「まだ達成したわけじゃないんだぞ。今から喜んでどうする」

あくまで検討だってのに、喜ぶには早すぎる。確かに逸る気持ちも分かるが、それにしても早すぎる。

「それに、オッサンとしても急にパーティーランクが上がるのは不安だ。俺に任せっきりじゃなくて、二人にも戦ってもらうからな」

「わ、分かった！」

「は、はい！」

「分かってるならオーケーだ」

俺は二人の背中を叩き、ぐっと伸びをする。

「で、領地はここからどれくらいなんです？　伯爵ともなれば、自分の領地は持っているでしょ」

「そうですね。ここから馬車で二日程度のリエトン伯爵領になります！」

「二日か。となると、どっかで泊まることになるか」

俺だけなら馬車で過ごしてもいいが、女の子二人いるし。どっか宿で宿泊するか。

「二人とも、お金ってどれくらい持ってる？」

「ええと……今回受け取ったもので全部」

「お金は翌日に持ち越さない主義でして……」

「まったく……本当に若いな……」

貯金くらいはしてるものだと思っていたが、まさかゼロだなんて。俺が若い頃なんて将来が不安で貯金しまくってたのに……って、その思考自体がオッサン臭いか。経済を回すのは良いことだしな。

「しゃーねえ。宿代と飯代は俺が奢(おご)る。その代わり、しっかり働いてくれよ」

「もちろん！　全力でやらせていただきます！」

「ます！」

「返事がいいのはいいことだ」

俺はそう言って、受付嬢さんの方を見る。

「馬車は手配してくれますか？」

「受けてくれると思っていましたから、既に準備しておりますよ！　ギルド前で待機しているかと」

「……俺が万が一受けなかったらどうするつもりだったんですか」

「その時はその時です！」

「まあ信用してくれてるのはありがたいけど」

俺はそう言って、扉の方へと歩く。

「それじゃあ二人とも、早速張り切っていくぞ」

「おおう！」

「やったりましょう！」

「はは。元気でいいこった」

俺が返事をすると、二人は前に出る。そして、こちらに振り返って。

「それじゃあー！」

二人が腕を掲げ、

「「しゅっぱーつ！」」

「しゅ、しゅっぱーつ……」

三十のオッサンには、やっぱり若者のノリはキツいな……。

◇◇◇

「こういう外への出張は初めてだなぁ！」

「ですね！　わたしたち、ずっと王都付近で活動していましたから！」

「そうなのか。それじゃあ、今回はドキドキだな」

馬車で移動し、中継地点の宿の食堂で俺たちは会話をしていた。彼女たちはどうやら、今回のような依頼は初めてらしい。ともあれ、Ｃランクパーティーに遠くでの依頼を任せるかと言われれば多分しないので当然だろうか。

「うん！　ドキドキ！」

「そうなのです！」

「はは。楽しそうでいいこった」

彼女たちを見ていると、少し昔が懐かしく思える。俺が十年前に参加していたパーティーの初期の初期。まだDランクパーティーくらいの時だっただろうか。こうやって、仲間たちと和気あいあいと話をしていたものだ。まあ、すぐに仲間たちは成長していって、こんな感じの雰囲気は消えちまったんだけど。

「どうかしましたか？」

そんなことを考えていると、ユイが小首を傾げてくる。ダメだダメ。昔のことを思い出しちまうのも、オッサンの悪い癖だ。

「なんでもないよ。ぼうっとしてただけ」

なんて返すと、ユイは納得したのか、うむと頷く。どうにか上手く切り返せたようだ。

「そういえば、カイルさんって大昔はパーティーに所属されてたって本当ですか？」

「ん、ああ。そんなことも知っているのか」

「知っていますよ。カイルさんって有名人ですからね」

ははぁ……俺ってそんな有名だったのか。しかし昔のパーティー事情までも知っている人がいるって考えると少しゾクゾクするな。

「聞いた話によれば、すぐに抜けちゃったらしいですけど、何かあったんですか？」

「違う違う。抜けたんじゃなくて追放されちまったんだ」

「追放!?　カイルさんが!?」

「嘘でしょ!?」

「嘘じゃないさ。なんせ俺はクソ弱かったからな」

まあ、追放されたことに不満がないかって言われたらあるけどよ。確かにあの頃の俺は弱かった。

「パーティーでも裏方として活躍されていたって聞いてましたよ？」

「え、そんな情報も出てんの？」

「はい。ギルドの人に聞きました」

俺が裏方でこそこそとやっていたことなんて、誰にもバレていないはずだったんだけど。

ギルドの職員ってことは、どっかで見られていたのか？　やっぱり隠し通すってのは難しいな。

「だからあのパーティーは解散することになったんですね……納得です」

「解散……？　一体どういうことだ？」

「そのままですよ。カイルさんが加入していたパーティーは、カイルさんが抜けてしばらくした頃に解散しました。原因は、パーティーがまともに機能しなくなったからだとか。まあこれもギルドの人から聞いた話ですけどね」

「う、嘘だろ？」

確かあいつらは、公爵からの高額な依頼で王都から公爵領に拠点を移したはずだ。

そこから順風満帆に進んでいたと思っていたのだが、解散していたのか？

「ギルドからも、カイルさんが抜けたから解散することになったって評価になってますよ？」

「俺が抜けたから……ないない。そりゃ何かの間違いだ」

確かに俺も多少は貢献していたと思うが、抜けたから解散ってわけじゃなかったと思う。

「俺はただ普通に仕事をしていただけだしな」

「……カイルさんの普通ねぇ。エリサはどう思います？」

「……多分、普通以上のことしてたよ絶対」

「ですよねぇ」

「うんうん」

「ないと思うけどなぁ。さ、それよりも飯を食おうぜ。明日はリエトン伯爵領だ。準備しとかないと、どっかでミスるぞ」

「はーい！」

「もちろんです！　パクパクです！」

「食え食え！　オッサンの奢りなんだから遠慮すんな！」

「よっしゃー！」

「パクパクです！」

　ふぅ。

　にしても、俺が参加していたパーティーが解散か。世の中不思議なこともあるもんだな。今頃、あいつは何をしているんだろうか。俺を追放した、あのリーダーは。ま、考えても仕方ないか。どっかで上手いことしてるだろう。

◇◇◇

「ああ……腰が痛え……」

「大丈夫？」

「かなりキツそうですけど……」

「気にすんな……ああ、やっぱり力は有り余ってても体はちゃんと歳食ってるんだな……」

二日でリエトン伯爵領に着くというのは、あくまで限界まで頑張ったらたどり着けるというものである。初日は早めに宿を取って、翌日早朝から出発することにしていたのだが、これがキツイ。早朝に出発してから、休みなしで座っているせいで俺の腰は限界がきていた。やっぱ馬車内でずっと同じ姿勢はダメだな。

これ、やっぱり病院に行った方がいいやつだ。くうう……痛え。

「それよりも、そろそろリエトン伯爵領に入ったんじゃないか？　こんだけ長いこと走ってるんだ。もうちょいだろ」

「聞いてみましょうか」

そう言って、ユイが小窓から顔を出して御者さんに確認をし始めた。

俺はその間、硬い壁に背中を預けて唸っていた。もう少しクッションか何かがあったら嬉しいんだけど、普通の馬車でそんなモノあるわけないしな……。大丈夫、そろそろこの苦痛からも解放される。

「え……そうなんですか？」

「どうしたのユイ～？」

しかし、なにやらユイの声音が曇っている様子だ。

ただ今の場所を聞くだけで、ここまで曇るなんてことは普通ない。何かあったのだろうか。

「どうした？」

俺が尋ねると、ユイは困った表情を浮かべながら頬(ほお)を掻く。

「どうやら領地に入るための門付近に魔物が発生しているらしく、近づけないみたいで……」

「え……マジ？」

「大マジです。入ってきた情報によると、今回の討伐対象であるワームにおびき寄せられたオークの群れらしく」

「ああ……オークか。ワームは確かに栄養が豊富な成分を吐き出すからな。それ目当てってところか」

栄養が豊富な成分……といっても詳細は控えるが。

「門番である兵士がどうにか駆除しようとしているらしいのですが、苦戦しているようです」

「なるほどな。しゃーねえ、俺たちも加勢するか」

「そう言うと思ってました！」

「だよねだよね！　やっちゃおう！」

やることは決まったので、俺たちは座席から立ち上がる。

そして、御者さんにここで降りることを伝えた後、門付近まで走っていくことにした。

「見えた。あれがオークの群れか」

俺たちの目の前には、五体のオークの姿がある。兵士が対応してあの数ってことだろうから、よっぽどの軍勢だったのだろう。

「んじゃお二人の実力もこの際色々と見るか。そういや聞いてなかったが、二人のユニークスキルはなんだ？　ほら、スキル鑑定の儀で教えてもらったやつだ」

ユニークスキルによって、立ち回りや諸々(もろもろ)が色々と見えてくる。これだけは把握しておきたい。

「私のユニークスキルは【魔導】。人並み以上に魔力量と魔力の扱いが得意になる……ってものだよ！」

「わたしは【射手】です。弓矢の精度が極めて高くなる……ってものです。威力は特に上がるものではありませんが……」

「なるほどな。ありがとう」

いったん、二人の行動パターンを把握しておきたい。動きさえ分かれば、今後一緒に行動する上で作戦を練りやすいからだ。さすがの俺でも、すべてに対処するなんてことはできないし、今後のことも考えて控えておきたい。それに、パーティーメンバーの能力も知らない……なんてパーティーじゃないと思うし。

彼女たちの目標は勇者の称号を手に入れることなんだ。手伝う努力はするが、何から何までする接待なんて俺はしない。仲間だからこそ、ここは厳しくしなければならないところだ。

オッサンだけ張り切っても仕方がない。

「んじゃ、オークの注意を兵士から俺たちに向けることにするか」

「「え……？」」

「当たり前だろ。二人の実力を見るんだから」

「……私たち、死ぬかもね」

「さよなら現世、こんにちは天国……」

「おいおい……どうしたどうした」

二人が神に祈りを始めたので、俺は苦笑してしまう。さっきまでの元気はどこにいったんだ。

「ま、まあ冗談だけどね！　全然構わないよ！　相手、討伐ランクBだけど！　格上だけど！」

「少しだけ、ほんの少しだけ怖いだけです！　はい！」

「それならいいんだけど……さて、と。やりますか」

兵士たちには当たらないように、しかし確実に。

俺は足元に転がっていた石を拾い上げ、ぐっと構える。

「そいっ」

そして石を放り投げた。

――ヒュン!!

「はや！」

空気を切り裂く音と共に、一瞬にして石ころがオークの方へと直進していく。しかし、決して当てはしない。あくまで注意をこちらに向けるのみだ。俺が放った石はオークの足元に落下し、噴煙を上げる。

「な、なんだ!?」

「何かの砲撃か!?」

「やっべ……力のコントロール、難しいな」

兵士たちの動揺した声が聞こえてきた。驚かせるつもりはなかったが、少しやりすぎたか。

地面が揺れるのを感じた後、噴煙が消え去るのを待つ。

『ギ、ギシャァアアァァ!!』

「あ、でも無事っぽい。よかった」

悲鳴を上げているオークではあるが、ダメージは微小なようだ。こちらに気がついたようで、棍棒を振り回しながら走ってきている。

「兵士たちから役割を取っちまうのは恐縮だが……二人とも」

俺は手を上げ、そして前に振り落とす。

「戦闘開始」

「「ラジャ!!」」

合図とともに、二人が目の前に手を突き出す。すると淡い光が集まり始め、次第に武器へと変化していく。エリサには杖が、ユイには弓矢が。

面白いことをするじゃないか。普通の人間は腰や背中に武器を備えていることが多い。だが、魔力量が高い人間や、上手く魔力を操れる人間はいつでも武器を異空間から取り出すことができたりする。つまり、この時点で二人にはある程度の魔力量があり、そしてそれを上手く操れることが分

かったわけだ。二人はニヤリと笑い、武器を構える。

「エリサ！　わたしに身体強化のバフをお願いします！」

「了解！　バフ発動ぉぉ!!」

エリサの足元に魔法陣が生成されると同時に、ユイに光が集まる。いいコンビネーションだ。一人はバフに徹し、もう一人は攻撃に徹す。各々の役割としては完璧じゃないだろうか。

って、すぐ分析しちまうのも歳を食っちまった証拠か。スポーツの試合観戦と一緒で、こういうのは分析すると楽しいんだよな。五体のオークがこちらに走ってきているが、二人は動揺しない。

落ち着いて、ユイは弓を引く。

「当たってください！」

シュン、という音とともに矢が放たれる。どうやら矢にも攻撃強化のバフが付与されているらしい。矢からはエリサの魔力は感じられない。となると、ユイが単独で矢にバフを付与したってことか。

「粗削りではあるが、悪くはない」

しかしCランクというのは、どうしても覆せない。ランクは人の実力を正確とは言えないものの、ほぼ体現している。ギルドが冒険者たちを死なせないために慎重に作ったものなのだ。当然である。

とはいえ、筋は間違いなくいい。

『ギシャ！』

一体のオークに命中。後ろに思い切り転げて、後方にいるオークを巻き込んだ。

現在三体のオークが転倒。二体のオークは動揺しているようだ。

「エリサ！」

「もちろん！」

ユイの合図とともに、エリサが杖を相手に向ける。

「行けぇ!!」

「《ファイア》!!」

ユイが放った複数の矢に、エリサが放ったファイアが宿る。炎をまとった矢は、オークめがけて直進した。それにより、オーク三体の討伐が完了。また、炎が他の二体にも移ってダメージが常に通っている状態。

「よ、よし！」

「順調ですっ！」

だが、ここからが問題だ。命の危機を覚えた生命体は何でもそうだが、ここから真の実力を発揮する。死を間近にして初めて、生物は本領を発揮するのだ。

『ギシャアアアアア!!』

『ガアアアアア!!』

オークがこちらに向かって、必死の形相で走ってくる。

「き、来た！」

「う、撃ちます！」

二人は慌てて、魔法や矢を放つ。命中、命中、確実に当てている。コントロールは悪くない。

しかしオークは止まらない。いくら魔法や矢が当たっても、前進を止めない。

「ヤバい!!」

「これ、間違いなくまずいやつです！」

二人は冷や汗をかきながら攻撃を続ける。しかし、オークは目前まで迫ってきてしまった。

「「あ――」」

しゃーねえ。ここはオッサンの出番だな。

「よく頑張った。大体二人の実力は見せてもらったよ」

そう言いながら、俺はオークの前に立つ。

「ここからは俺もアシストしよう。しっかり記憶してくれよ」

拳を構え、そのまま一体のオークにぶつける。走る衝撃。相手は耐えることもできずに消えた。

「残り一体。こいつには悪いが、レッスンの対象にさせてもらう」

「わ、分かった……！」

「はい……！」

エリサたちが頷くのを確認した後、俺はオークの腕をぎゅっと握る。もちろん力いっぱいってわけじゃない。力いっぱい握ってしまったら、こいつの腕は恐らく潰れてしまう。

あくまで、命に危機感を覚える程度に抑える。死ぬかもしれないという恐怖を植え付け、しっかりと本領を発揮してもらう。

「生命的、生物的に危機を覚えた敵は厄介だ。さっきのお前らも死にかけたよな？」

「うん……死にかけた」

「ヤバかったです」

「だな。そういう相手に対して、俺たちは冷静に対処しなければならない。もう少し掘り下げたいところではあるんだけど、オークにも悪いし兵士たちも困惑してしまっているから答えだけ言おう」

ちらりと横を見ると、リエトン伯爵軍であろう兵士たちが警戒をしてしまっている。敵か味方か判断に迷っている様子だ。今後のためにも、ここは手っ取り早く済ませた方がいい。

「簡単な話だ。二人は攻撃もバフもできる。しかし二人がそれぞれどちらか片方に偏るのは、もったいない。もちろん間違いではないという前置きは必須だが、相手は死に物狂いできているんだ。その上での正解はというとだな」

にやりと笑い、オークから手を離す。

「二人が攻撃に徹すればいい」

レッスンワン。

二人で殴れ。

「えええええ!?」

「え、え、え!?」

「早くしないと病院行きだぞ～」

俺の声と同時に二人が慌てながらも、オークに狙いを定める。

もちろん冷静に分析する時間は確保してある。そのあたりはぬかりない。

「当たれ！」

「貫いてください！」

轟音が響き渡った。衝撃波が俺の髪を揺する。ふむ。やはりCランクとはいえ、同時に攻撃すると格段に威力が上がるな。彼女たちの一撃により、無事オーク討伐は完了である。

「ほらな。簡単な話だ」

「ほ、本当だ……」

「こんなこと……できたんですね……わたしたち……」

そうそう簡単な話だ。ふふふ……オッサン分かってくれて嬉しいよ。

それはそれとしてなんだけど。

「さっきさ……俺、思い切りオークからお前ら守ったじゃん？」

「え、うん。そうだね」

「さすがでしたよ？」

「ああ……そうなんだけどさ……腰……が」

今まで限界値だったものにダメージを与えるとどうなるか。

これも簡単な話だ。

死ぬほど痛くなる。

いや、幼稚園児レベルの答えではあるが、それが事実なのだから仕方がない。俺は耐えることもできずに、そのまま膝をついた。

「あ、ああ……」

「大丈夫ですか!?」

「ぎ、ギリ……本当にギリ……」

俺はよろめきながら立ち上がり、苦笑する。やべぇくらい腰が痛い。

「エリサ……簡単なものでいいから痛み止めお願い」

「わ、分かった！」

エリサの回復魔法で、どうにか痛みを誤魔化す。彼女がそっと俺の腰に手を当てて詠唱すると、少しばかりマシになったのが分かった。俺はふらふらとしながらもどうにか気合いで姿勢を保つ。

「ええと。それじゃあ、早速入るか。リエトン伯爵領に」

俺は両手で何度か腰を叩いた後、門の方へと歩き始めた。

「こちらが伯爵邸になります」

兵士に案内され、俺たちはリエトン伯爵邸まで来ていた。

「おおっ。さすがは伯爵邸、立派だなぁ」

絢爛(けんらん)としていて、まさに貴族の屋敷って感じだ。すごく品があるというか、なんというか。

「でかっ！　ギルドみたいな大きさしてるよ！」

「これが……家？」

「あまり驚きすぎるなよ……ほら、笑われてる」

二人の肩を叩(たた)いて、兵士の方を見てみると、クスクスと笑われていた。それを見てか、二人は顔を真っ赤にして俺の後ろに隠れる。いや、待て。余計恥ずかしいぞそれ。

「それじゃあ私たちはここまでです。これ以降は使用人さんが案内してくれるので」

「頑張ってくださいー」

言って、兵士たちは門の方へと歩いていく。代わりに、一人のメイドさんがこちらにペコリと一礼した。

「それでは、続きは私がご案内致します」

「メイドさんだ……！」

「可愛いですね……！」

やっぱり女の子にとってメイドは憧れだよな。確かに憧れそうな綺麗な身なりをしている。俺の年齢になってメイドに興味ありはヤバいと思うけど、それでもメイドに憧れる気持ちは分かる。

「はぁ……」

長い廊下を歩いていると、あちらこちらに絵画が飾られている。貴族様の趣味ってのは高くつくイメージだが、やっぱり絵画ってのは高いのだろうか。にしても……筋骨隆々な男ばかりだな。ラインナップがなんというか、個性的だ。

「こちらになります。リエトン様、カイル様たちがいらっしゃいました」

メイドさんがノックをして扉を開ける。さて、どんな方なのだろうか——

「ふんッッッ！　君がカイルかッッッ！　筋肉の調子はいかがかねッッッ！」

「え……？」

そこには、上半身裸のムキムキマッチョマンがいた。

「え——あれは」

「《視界封鎖》、安心してユイ。これで私たちは何も見えなくなったわ」

二人は速攻、対策をしたようだった。ユイとエリサは自分の視界を覆い、アレを見えなくしたようだ。いや、アレという言い方は悪いかもしれないが、アレと言わざるを得ない。

「どうしたのかねッッッ！　急に魔法を使うなんて筋肉が不調なのかねッッッ！」

うわー……大胸筋がピクピク動いてる。あれ動かせる人、久しぶりに見たわ。

「ええと、失礼を承知でお聞きするといいますか、確認なんですけど、リエトン伯爵というのは……」

「私だッッッ！　待っていたぞッッッ！」

「えっと……貴族様といえば魔法とかに長けているイメージが……」

「詠唱かねッッッ!?　そうか聞きたいのかッッッ！」

そう言って、机の上に足をのせて腕にぐっと力を入れる。

「筋肉を愛しッッッ！　筋肉に愛された男ッッッ！　リエトンであるッッッ！」

「それは詠唱ではなく……」

「詠唱だッッッ！」

「カイルさん、彼は一体何を言っているのでしょうか？」

「何も言っていないと思う」

「カイル、あれは関わっていい人種なの？」

「悪い人ではないと思う」

あの筋肉量、筋肉美はただものではない。なんかテカってるし。輝いていると言うべきか。オイルでも塗っているのかな。うん、でもどちらにしてもヤバい人だ。

「と、とりあえず上着、着ませんか？　女の子もいるわけですし……」

「それもそうだなッッッ！　失礼したッッッ！」

リエトン伯爵はそう言って、やっと服を着てくれた。しかしシャツ一枚……ムチムチである。

このムチムチは男にとっても女の子にとっても嬉しくないと思う……。

「とりあえず、もう視界は確保していいと思うよ」

《解除》……ああ、ほんとびっくりした」

「なんだったんでしょうか……?」

いや、あれはびっくりする。俺だってビビった。さすがにここまで来て圧倒的筋肉を拝むことになるとは一切思っていなかったわけで。いや、まあ普通に考えてそうなんだけども。

ともあれ、到底女の子が耐えられるものとは思えない。

「それで、今回は直接俺に依頼をしてくださってありがとうございます。嬉しい限りですよ」

「うむッッッ！　君の噂は聞いていたからねッッッ！　一度会ってみたかったのだよッッッ！」

うん。すごく暑苦しい人だな。彼の付近だけ気温が三度くらい高いような気がする。

「しかしどんな魔物をもワンパンする男だと聞いていたから、さぞかし筋肉に愛された男だと思っていたのだが……細いな」

「あはは……俺がおかしいのはスキルの方なんで……」

というか、あからさまにテンション下がったよ。期待に応えられなかったようで申し訳ない気持ちになる。しかし本当に筋肉が好きな人なんだな。

「それで、ワームの件になるのですが」

「ああッッッ！　ワームの件だなッッッ！　分かっているッッッ！」

そう言って、リエトン伯爵は再度机の上に足をのせてポーズを取る。これ、毎回やるのか。

「その前に君と手合わせしたいッッッ！　だから直接指名をしたんだッッッ！　ハッッッ！」

歯をキラリと見せて、俺の方を指さしてくる。いや、待て待て。あまりにも唐突すぎやしないか。

「え……俺とですか？」

「そうッッッ！　君とだッッッ！」

嘘……俺この人と戦うの？　困惑していると、近くにいたメイドがぺこりと頭を下げる。

「闘技場はこちらでございます」

「ええ……本当にやるんだ」

その後、俺は「先に行っててくれッッッ！」と言われたのでメイドさんの案内に従って動いていた。廊下をしばらく歩き、外に出ると大きな建物が見えてくる。

「闘技場って家にあるものなの……？」

「筋肉の化身ですね……」

案内されるがまま、闘技場と呼ばれる施設の中に入った。中には筋トレ器具と武器が大量にあり、まさに筋肉のための施設といった様子だ。その中央にあるリングに上がり、俺はリエトン伯爵を待つ。

相手は貴族様だから断れないけど……正直戦いたくない。なんせ相手が相手なのだ。何かあれば下手すれば極刑である。それ以外にも、俺の腰がヤバい。こっちは死にかけているんだけれど。

「やっぱりやめたいな――」

「待たせたなッッッ！」

「あ、ああはい」

バン、と扉が開く音がしたかと思うと、上半身裸の男がそこにいた。うん、筋肉がすごい。

「もう視界はいいわ。慣れましょう」

「筋肉だ……」

エリサたちはもう諦めた様子である。まあ、こんだけやられたら諦めもするだろう。

「はぁぁぁぁぁッッッ!!！」

全速力で走ってきて、リングの上に飛び乗ってくる。顎に親指をかすらせて、ハッと笑ってみせた。

「筋肉の調子は万全だッッッ！　やろうッッッ！」

「わ、分かりました」

「メイドッッッ！　合図を頼むッッッ！」

「かしこまりました」

メイドの対応……これ、慣れているんだな。普段からこんな感じとなると、大変そうだ。

「3、2、1、GO！」

「ちょ、はや――」

あまりにも流れるように合図をするものだから、俺が構える前に戦闘が始まってしまう。

目の前にいるリエトン伯爵はぐっと拳を引き、そしてゆっくりと動かす。

「ハッッッ!!」

俺の目前まで来た瞬間、一気に拳を加速させた。それと同時に、俺の胸に衝撃波が走る。

「うごっ!?」

俺はもろに攻撃を受けてしまい、変な声が出てしまった。

「……って、あれ。なんでもない」

「おおおッッッ！　さすがはカイルだッッッ！」

さっきの強力そうな一撃を喰らっても、俺は無傷だった。ああ……確かステータスを見た時に防御力もおかしいことになってた気がする。

「普通の人間ならば内臓が破裂して死んでいたぞッッッ！」

「そんな攻撃を俺に放ったんですか!?」

「本気を出してもいいと思ってなッッッ！」

全然よくない。俺はまだ死にたくないし。というか、普通、初見で即死級の技をぶつけてくるのか？　殺意高すぎやしない？　下手すれば普通に死んでるよ。

「んじゃ、次は俺の番ですね」

今回の試合に関して言えば、ある程度は力を出してもいいだろう。なんなら相手はそれを望んでいる。それに応えなければ、男として失格だろう。

「ふぅぅぅ……」

俺は深呼吸をし、相手を見据える。拳を構え、そして思い切り放つ。

――ゴォォォォォン!!

爆発音がすると同時に、衝撃が闘技場内に広がる。

「ぬおおおおおおッッッ！」

リエトン伯爵はどうにか堪えようとするが、堪えきれずその場から吹き飛ばされていった。

「あ……やべ。やりすぎたかも」

さすがに、ここまで貴族をぶっ飛ばすのはヤバいよな。俺、もしかして殺される？　普通に考えて処刑案件だよな。完全に首飛ばされるよな。まずい、今すぐに謝らないと――

「素晴らしいッッッ！　素晴らしいぞッッッ！」

しかし、噴煙の中からリエトン伯爵は嬉々として出てきた。少し汚れた程度で傷なんて一つもない。相変わらずテカテカと光っている。ええ……なにあれ化け物ですか？

「君なら熱く燃え上がるようなワームバトルが見られそうだ!!　早速行こう!!　寝ているワームを叩き起こして燃え上がるような戦いをしよう!!」

早口で語りながら、上半身裸の巨漢がこちらに向かってくる。え、ちょい待てこれってて――。

「え、うお……!?」

「ふんッッッ!!」

リエトン伯爵の胸筋が俺の顔面に……!!!!

「ああ……可哀想……」

「救えませんね……あれは」

死ぬ。

◇◇◇

「こりゃ酷いですね」

「資源がワームに食い尽くされている……これに関してはしょぼんだ……」

あ、『ツッツ』がなくなった。この人テンションの上下が分かりやすいのな。

ともあれ、俺たちは狭くて薄暗い鉱山の中に連れてこられていた。もちろんあの後、リエトン伯爵の胸筋をたくさん味わうことになった。あの経験はもうしたくない。何か大切なものを失った気がする。この歳になれば得るものより失うものの方が多いが、けれども今回ばかりは本当に大切なものを失ったような気がする。

しかし本当に鉱山は酷いものである。そこらじゅう穴だらけ。いつ崩落してもおかしくないだろう。

この付近にも村があったから、もし崩落事故なんて発生したらかなりの被害が出る。

早急に対処しなければいけない案件だ。

「それで、ワームはどこにいるの？」

「今のところ……見当たりませんね」

エリサとユイが周囲を探るように見ながら、ぽそりと呟く。

今は夕方。夜と呼ぶには早い時間帯だ。それもそのはずで、夜行性のワームはまだ活性化していないようで、こちらからは居場所が把握できない。

「それなら任せてくれッッッ！　私が叩き起こそうッッッ！」

そう言いながら、リエトン伯爵は鉱山内の壁を触り始めた。

「何をしてるんです？」

「ここは崩落の危機に陥っているが、的確にツボを突けば奴は飛び起きてくるッッッ！」

リエトン伯爵はすっと拳を引き、そして壁に向かって思い切り放つ。待て待て。人間の体じゃないんだから、的確なツボを突くとかいう概念あるのか⁉

「おおっ⁉　大丈夫なんですか⁉」

「ヤバいよ⁉　めっちゃ揺れてる⁉」

「えええ⁉　本当に大丈夫ですかこれ⁉」

衝撃で鉱山内が大きく揺れた。人力で揺れを引き起こすなんて想像できないが、まあ彼ならできるのだろう。そこら辺は深く考えなくていいと思う。

「……ッッッ！　来るぞッッッ！」

「おいおいマジで来るのか！」

俺は咄嗟（とっさ）にバックステップを踏み、拳を構えた。

「ふむッッッ！　腰に下げている剣は実戦でも使わぬかッッッ！　素晴らしいッッッ！」

「まあ、これは念のためのもんなんで！」

一応剣は持っているが、普段は使っていない。深い理由はないのだが、一点挙げるとするならば、拳の方が戦いやすいからだ。

「来た！」

正面に開いている穴からワームが飛び出してくる。俺とエリサたち、そしてリエトン伯爵は距離を取り、全貌(ぜんぼう)を把握する。

「すげえ……でけえな」

「大物だろうッッッ!?」

これ、全長どれくらいあるんだ。こいつをリエトン伯爵は一人で止めていたとなると、なかなか恐ろしいものがあるな。

「よし、やるか」

「マジ!?」

「嘘ですよね!?」

「今更ビビっても仕方ないだろ」

俺は両手で頬(ほお)を叩き、ワームと相対する。

「こいつ一体狩るのに、君たちはどれくらいかかりそうだッッッ!?」

俺たちは鉱山の中を走りながら、ワームから距離を取っていた。こちらに気がついたワームは必死で背中を追いかけてきている。

「こんなにも巨大なワームとは戦ったことないんで、ちょっと分からないですね」

ただ、あえて言うなら。

「多く見積もって一分でしょうか」

相手がどれほどのものか分からないのだ。ここは余裕をもって言っておくのが吉だろう。

「……君は本気で言っているのかね？」

「え？」

急にリエトン伯爵が静かに聞いてきたので、俺は少し困惑してしまう。変なことでも言っただろうか。

「否、気に入ったッッッ！　ならば私は全力で支援しようッッッ！」

そう言うと、リエトン伯爵は立ち止まって踵を返す。そして、ワームに向かって手を叩いた。いや、ただ手を叩くのではない。正面に向かって衝撃波を放ったのだ。

ワームは目を持っていない。聴覚だけを頼りに動いている。しかし今の衝撃波によって、聴覚が一時的に潰れた。いわば一瞬にして暗闇を生成されたのと同じだ。ワームの動きが鈍くなり、俺たちを追いかけようとする動きが止んだ。

やるなら今だ。

「ありがとうございます！」

「構わんさッッッ！」

俺はエリサたちの肩を叩き、親指を立てる。

「レッスンはオークの時にやった。レッスンがあるってことはアクションもあるってことだ。期待しているぞ」

「ええ!?」

「ふえ!?」

慌ててこちらに顔を向けて、目を丸くしている二人。まさか全部任されるだなんて思ってもいなかったのだろう。

「いやいや、オークとはレベルが違いますよ!?」

「わたしたち、下手すれば死んじゃう!」

「大丈夫だ。俺は案外、人を見る目はあるって思ってる。お前たちなら勝てると思うぞ」

言いながら、俺は肩をすくめる。

「まあ死にそうになったら助けてやるよ。期待しているぜルーキー」

彼女たちの背中を押すと、怯(おび)えた様子で何度も俺のことをチラチラ見てくる。まったくこの子たちは可愛いなあ。ともあれ、甘やかしてばかりじゃあ話にならない。

俺はリエトン伯爵にワームを倒す時間は「一分」だと言った。

それはもちろん、二人が戦ってワームを倒すことができる時間だ。

「落ち着いてやれよ。俺のレッスンを思い出せ。そんな難しいことは言っていなかったはずだ」

「レッスン……レッスンだね……」

「やるしかない……ですね。覚悟決めます」

レッスンワン。

二人で殴れ。

次はアクションだ。

「やるよ……ユイ！」

「分かりました……！」

相手は格上だ。しかしながら、俺は彼女たちを成長させるためにここにいる。

もちろん危険は承知の上だ。けれど、格上の相手を倒すという達成感は人生において大きな糧となる。間違いなく、断言できる。

たとえば短距離走の選手がいたとする。相手は自分より数秒速い人間だ。そんな相手なんか、普通に考えて負けるのは決まっている。

しかしながら、精密に慎重に計画を練り、万が一勝つことができたのなら。

きっと勝った選手にとって今後の人生の中で忘れることのできない記憶となり、それが基準となって自分をさらに上へと押し上げるだろう。

感覚論じゃない。断言だ。

上に行くには格上に勝つ必要が出てくる。

「来るよ！」

「分かっています！」

ワームが動きだした。そろそろエリサたちは行動しないと、せっかくリエトン伯爵が稼いだ時間が無駄になってしまう。それは二人も理解していたらしい。

すぐさま武器を構え、相手を見る。

「敵は目の前だ！　考えるよりも早く動け！　自分が今できる最善の行動を直感で弾き出せ！」

「《ファイア》ッッッ！」

「矢よ……当たってください！」

二人は攻撃を開始する。同時に魔法と矢を構え、そして相手に向かって放った。

直撃。相手は大きく怯む。暗闇の中、突然攻撃されたのだ。当然混乱する。しかしながら相手はオークとは違う。ワームだ。オークはいってもBランク程度だが、ワームはAランクに達することが多い。なんせ、環境を変えてしまうほどの魔物なのだから。

相手は何度も言うが、格上だ。

「ダメ……致命傷にはなってないよ！」

「攻撃は当たりましたが……やっぱりわたしたちの実力では……」

二人が放った攻撃は決してワームに大ダメージを与えたわけではない。致命的な一撃ではないのだが、しかし彼女たちは確実に対象に攻撃を当てている。普通の冒険者じゃ一切外すことなく相手に攻撃を当てるだなんて真似はできない。攻撃力はないが……センスは並以上のものを持っていると考えていいだろう。

「大丈夫だ。落ち着いて考えろ。冷静に対処しろ。何かあれば俺が必ず助けてやる。だから自分のできる限界で戦おう」

「自分の……限界、か……」

「……カイルさん、本当に守ってくれるんですか？」

ユイが不安そうな顔でこちらを見てくる。

「信頼してくれ。なんたって、俺だぜ？」

あまり自分には自信がないが、今は彼女たちを鼓舞することが大切だ。今は身の丈には合わない台詞も彼女たちにとっては大きな希望になるかもしれない。

「カイル……本当に大丈夫なのか？」

リエトン伯爵が汗を滲ませながら確認してくる。そりゃそうか。彼は俺に期待をしていたわけだから、攻撃するのが俺じゃないこの状況は不安要素なのだろう。

「大丈夫です。さて……残り三十秒を切ったか」

俺はふうと息をついて、正面を見る。

「俺も力貸してやるよ！」

「ははは……頼りになるぅ……！　全力……出すよ」

「ぶっ倒れる覚悟で……いきましょう」

エリサとユイは深呼吸をした後、静かに前を見る。大体察することはできるが、今魔力を己の中で練り続けているのだろう。魔力は己の中で循環させ、練ることで性質を高めることができる。

俺は拳をぎゅっと握り、ニヤニヤしながら彼女たちに呼吸を合わせる。

「ちょっと無理……しちゃうよ！」

「分かっています！」

エリサとユイは構え、同時に声を発する。

「《ファイア》ッッッ！」

「《ハイ・アロー》ッッッ！」

エリサは自分が持つ杖を大きく揺らす。すると、頭上に巨大な炎の塊が生まれた。ユイが持つ矢には魔力が流れ、大きく脈打っている。

「当たれ!!」

「当たってください!!」

巨大な炎と矢が前進し、ワームを一気に貫いた。

メラメラと燃えさかる炎はワームの表皮を燃やし、矢は追撃をするかのように肉を切り裂いた。

「そして！　俺のすこーしだけ力の入ったパンチだ！」

相手が生き残る確率をゼロにするために放った一撃により、ワームは完全に息絶えた。

「よーし、パーフェクトだな」

「な、なんと……！」

リエトン伯爵は俺たちの攻撃を見て、まさかといった表情を浮かべていた。それもそうだ。こんな少女たちがあのワームを倒すだなんて思わなかったのだろう。

しかし俺も想像以上だ。何かあればすぐ助ける準備はしていたが、本当に二人だけで倒してしまうとは。

俺の若い時とは違う。この子たちなら本当に何かを成し遂げる気がする。

「カイル……やったよ……！　あう」

「や、やりました……でしゅ」

「あ!?　おいおいおい！」

俺に笑顔を向けてきたかと思ったら、よろけてその場に倒れ込んでしまった。慌てて駆け寄るが、完全に意識が遠のいてしまっているといった具合だ。

「遠慮すんなとは言ったが……完全に魔力を使い尽くすとはな……」

意識が朦朧（もうろう）としている。この症状は魔力切れから起こるものだ。

「リエトン伯爵。申し訳ないのですが、運ぶのを手伝ってくれませんか？」

「構わぬさッッッ！　ははははッッッ！　こんなにも優秀な少女たちを運ぶのなら、私の力などいくらでも貸すさッッッ！」

「あ」

そう言って、二人はリエトン伯爵に担がれた……のはいいものの、暑苦しい胸筋に埋（うず）もれていた。

「な、なんか熱い……」

「ヌルヌル……ですぅ……」

「可哀想に……」

目を回しながらも、二人は苦しそうに声を上げていた。

◇◇◇

「君たちの戦いは見事だったッッッ！　少しだが、依頼とは別での報酬金だッッッ！」

無事、筋肉に挟まれながら伯爵邸まで戻った俺たちはリエトン伯爵に麻袋を渡される。

中を覗いてみると、大量の金貨が入っていた。

「え、これ報酬金とは別なんですか？　さすがにこれは、貰いすぎで怖いんですけど……」

「君たちの筋肉に渡しているんだッッッ！　遠慮するなッッッ！」

「筋肉……」

「いいじゃない！　貰おうよ！」

「お金！　マネー！」

俺は少し困りながらも、受け取ることにした。彼女たちの生活もあるし、貰っておいて損することはないだろう。こいつら、一瞬で金を溶かすから貰いすぎても困るかもしれないけど。

「飯は食っていくかッッッ!?　それとも帰るかッッッ!?」

「ああー、食べて帰りたいところなんですけど」

俺は腰を押さえながら苦笑する。

「腰が……痛くて……」

生憎と、俺の腰は限界がきていた。エリサの魔法によって痛みを抑えてもらっていたのだが、さすがに効かなくなってきた。これ以上無理をすると、いよいよ入院までいくかもしれない。

それだけは嫌だ。二十四時間病院にいるなんて死んでも嫌だ。

「それじゃあ俺たちは王都に戻ります。また何かあったら言ってください」

「ああッッッ！　また会おう友人よッッッ！」

「……ごめん。もう無理だ」

「カイル!?」

「大丈夫ですか!?」

「だめ」

視界が涙でぼやける。今、この瞬間に俺の腰が終わろうとしていた。せっかくリエトン伯爵の依頼が終わって、王都まで戻ってきたのに……。

「これヤバいですね。ギルドに寄る前に病院に行きますか」

「そうね……とりあえずギルド近くの病院でいいかな？」

「でもあそこかなり小さいですけど……まあ緊急ですし、場所は選べないですね」

小さな病院でギルド近く。ああ、俺が彼女たちと仲間になる前。ユニークスキル【晩成】が判明した場所だ。ああ……嫌だな。病院。でも……。

「あ、ああ……」

この状態で、病院に行かないって選択肢はないよねぇ……。

「行きたくねえ……行きたくねえよ……」

「今更何を言ってるの？　行くって言ってたじゃん！」

「そうですよ！　別に病院くらい大丈夫ですって！」

そんなことを言いつつも。

俺は病院前で駄々をこねていた。齢三十にして、少女たちに呆れられていました。だってよ、やっぱり病院は怖いんだもん。何されるか分からないんだぜ。

医者なんてよ、平気で刃物を持って皮膚どころか肉も切り裂くんだぜ。なんなら内臓までいっちゃうよ？　普通に考えてヤバいだろ。怖くないわけないじゃん。それにここの病院は平気で余命五ヶ月とか宣告してくるんだ。よくよく考えてみたらどうかしてるよ。

あの老医者も信用できねえ！

「いいから！　病院行くよ！」

「マジで嫌だ」

「今、体どうなってると思います？　生まれたばかりの子鹿みたいになってますよ？」

「だってよ、ユイ。腰が」

「だからその腰をどうにかしに行くんですよ」

「だってよ……だってよ……」

俺が弱音を吐いていると、急に腰を叩かれる。

「あがっ!?」

あまりの衝撃に吐きそうになった。俺はガクガクになりながら腰をさすり、叩かれた方向を見る。

「行きましょう？」

「はい」

「うっわ……ユイを怒らせた」

ユイが静かに俺を睨めつけていた。瞳には明らかな敵意というか、殺意がこもっていた。多分、人を殺す目をしていたと思う。俺は何度も頷き、病院の扉を開く。

そしてカウンターにて受付を済ませて、近くの椅子に寝転んだ。座ろうとしたが、腰が痛すぎて無理だったのだ。看護師さんに許可を貰い、ありがたく寝転がっている。

「エリサ、漫画持ってきてくれないか」

「いいわよ」

両隣にユイとエリサがいる。が、怖くてユイには頼めなかった。エリサは快諾してくれて、俺に漫画を届けてくれる。

「……って震えてるじゃない」

「平常運転だ」

「いつも病院では漫画持ちながら震えてるの？」

「……平常運転だ」

「別にいいけどね。今更それで離れようだなんて考えないし」

「その通りです」

「エリサ……ユイ……！」

俺は半ば感動しながら、二人に手を伸ばそうとする。

瞬間。

「余命一ヶ月なんて――嘘だぁぁぁぁ!!」

泣き叫ぶ少年が、廊下を駆け抜けていった。嘘だろ。また余命宣告されてる奴いんのかよ。やっぱこの病院ヤバいって。

「カイルさーん。お入りくださいー」

脳裏によぎる文字は『死』。

「呼ばれてるわよ？」

「立てますか？」

なんでこいつらは余命宣告されたあの少年を見ても平然としていられるんだ。もしかして俺が知らないだけで、余命宣告される風景って日常なのか？　いや、怖すぎるだろ。

「か、肩を貸してくれ」

俺はどうにか立ち上がり、診察室に入る。そして医者の前に座った。

「お久しぶりですね。【晩成】の調子はいかがですか？」

「いや、それよりもさっき飛び出してきた少年は一体……」

「ああ。彼は解呪不可の呪いにかかっていまして。よく来るんですよ」

……どうなってんだよ。この病院はよ。

「それにしても、今日は女の子を二人も連れているんですね。出世しました？」

「ノーコメントで」

「ふふ。充実してそうで何よりです」

医者は満足そうに笑い、ふむと顎をさする。

「して、今回はスキルは関係なさそうですね」

「見ての通り……腰をやっちゃいまして」

「腰ですか。確かカイルさんって三十でしたよね。駄目ですよ、力が有り余っているからって無理しちゃうと」

そう言いながら、医者は俺をベッドへと誘導する。硬めではあるが、普通のベッドだ。

俺は促されるがまま寝転がり、色々と施術をしてもらうことにした。

「私、こういうのも得意でしてね。自称なんでもできる医者なんですよ」

自称って……これも笑うところなのか？　施術してもらう本人からしたら全く笑えないんだけど。

ただただ怖いんだけど。

「それに痛え……！」

俺は悲鳴を上げながら、施術を耐え抜いた。ゆっくりとベッドから起き上がり、軽く伸びをしてみる。……楽だ。色々と文句は言っていたが、わりとマシになった気がする。

まだ痛むが、動けないほどではない。

「……本当にマシになったぞ」

「ね？　病院怖くないでしょ？」

「まったく、怖がりなんですから」

「ははは。ごめんごめん」

俺は笑いながら、医者の前に座る。さあて、あとは湿布でも貰って帰るだけかな。

「カイルさん」

「はいはい」

「このままだと、余命一週間ですね」

「は？」

「もう一度お願いしてもいいですか……？」

「余命一週間です」

「冗談ですよね？」

「冗談じゃないですよ」

「死ぬんですか？」

「死にますね」

「……」

「……？」

「……死ぬのか。俺」

「残念。死にます」

「老後の予定……色々あったんだけど、もう前倒しだな」

「冷静ですね。まあこんな美少女二人組にあなたという素晴らしい人間の記憶を焼き付けて死ねるのですから、男としては満足でしょう」

「一周回って冷静になれたわ。死ね」

「冷静に死ねなんて言われたの、多分初めてです」

最悪だ。もう俺はお終いだ。終活なんて何十年も先の話だと思ってたけどな。まあ後悔はないさ。最後に仲間もできて、俺は満足だ。

「まあ落ち着いてください。私、言いましたよ？」

「何がだよクソ医者」

「クソではないですよ。私はそんな汚いものではなく、ただの医者です」

「そういう意味で言ってねえよ」

「それよりも、私は『このままだと』と言ったんです。つまり、死を回避する方法があるということです」

「……なんだよそれ」

とりあえず俺は相手の話を聞くことにする。医者はこほんと咳払いをして、俺の方を見た。

「ひとまず、あなたの状態を説明しますと『呪い』にかかっています」

「俺が、呪い状態に？」

「ええ。あなたに付与されている呪いを確認したところ、魔族の波長を感じました。最近魔族か何かに恨みを買いました？」

魔族か何かに恨みを買うようなこと。うん。

「……っ飛ばしました」

「え？」

「最近、魔族をぶっ飛ばしました……」

「ははは。間違いなくそれですね」

心当たりしかなかった。最近俺は魔族をぶっ飛ばした。

魔族関係の呪いと言われると、間違いなく先日のギルドでの騒動しか思い出せねえ。

「最近は物騒ですしね。嫌な噂も聞きます。何やら裏でこそこそと動いている者がいるとか」

「なんだよそれ」

「私もよく分かっていないんですけどね。まあ今は別に大丈夫です」

何やら意味深なことを言っているようだが……今は俺も俺でヤバい。それどころじゃない。

「それで……俺はどうすればいいんですか？」

「教会に行って、呪いを解いてもらうしかないですね」

教会に行って、呪いを解いてもらう。あれ、めっちゃ簡単じゃね？　別に悲観することなんてないじゃん。それじゃあ早速教会に行って……。

「簡単な話だと思いました？」

「え、ああはい。だって呪いを解いてもらうだけですよね？」

「私、言いましたよね。この病院には解呪不可の呪いにかかっている人が多いと」

「……え？」

「あなたの呪い、解呪不可です」

「死ね」

「しかし……もしかしたらの話なのですが」

「スルーすんなよ」

そう言いながら、医者は俺の方を見る。

「少なくとも教会などではなく、国家に仕えるレベルの聖女なら、解呪することができるかもしれません」

「……聖女？」

「ええ。国家に仕えるレベルの聖女の名を持つ女性。まあ勇者のようなものです。なので、あなたは一週間以内にその聖女にたどり着かないと助かりません。しかし、残念な話にはなりますが」

医者はメガネをくいと上げる。

「余命宣告された全員にこのことは言っています。しかし、皆諦めて現実を受け入れます。あなたはどうしますか？」

俺は少し考えた後、腕をまくる。

「俺は諦めません。絶対たどり着いてみせますよ、その聖女とやらに」

なんて俺は自信満々に宣言して、病院を出た……はいいものの。

「にしても、これからどうするのよ」

「余命宣告もされちゃって……わたし心配です」

俺たちは病院から出て、王都の広場にあるベンチに座っていた。空は晴天。晴れ渡っている空を見上げながら、俺は息を吐いた。

「なあ。一応だけど、俺はやる気だが、普通に考えて無茶な話だ。こんなオッサンに無理して付き合う必要はないんだぞ」

「……それは死ぬかも、だから？」

「そういうことですか？」

「ああ。俺だってお前らとは仲良くしたいが、それとこれとは別だ。今回の件についてはパーティー解散も視野に入れていいと思う」

死ぬかもしれないのだ。こんな人間はただのお荷物である。

「いーや。私は一緒にいるよ。だって、まだカイルには教わっていないことたくさんあるもん」

「はぁ？」

「そうです！　勇者になるには、絶対にカイルさんの力が必要なんですから……苦しい時はわたしたちも一緒です」

な、何を言っているんだこの子たちは。マジで言っているのか？

俺……死ぬかもしれないんだぞ？

「まあまあ！　仲間なんだから！」

「そうですよ！」

言いながら、二人が笑顔で肩を叩いてくる。

はは。まったく……こんなのは初めてだ。理由はどうあれ、こんな死ぬかもしれないオッサンと仲間でいてくれるだなんて、物好きな子たちだよ。

「んじゃあ、頑張るか」

「うん！」

「はい！」

この二人には少しばかり迷惑をかけてしまうが、多分まんざらでもないだろう。本当にいい仲間を持ったものだ。

「にしても聖女ね。国家に仕えるレベルというと、俺は俺で心当たりがあるんだよな」

というか、多分ほとんどの人が心当たりがあると思う。なんせ、めちゃくちゃ有名なのだから。

だが、皆諦める。

「どうやったらたどり着けるだろう」

なぜなら、彼女と接触できないからだ。世界レベルともなれば、国家が絡んでくる。

国家が絡んできたら、一般人じゃどうしようもない。

「……難しい話よ。多分だけど、カイルが考えてるのってあの人だよね？」

「わたしたちの国、レイピア王国の専属聖女。ルルーシャさんですよね？」

「ああ。その人だ」

俺たちの国には、世界レベルで有名な聖女がいた。名前はルルーシャ。噂では、どんな呪いでも解呪ができるということだ。

「まあ、ひとまずギルドに戻ろう。情報収集するついでに、依頼を達成したことをギルドに報告して、さっさとBランクに昇格しようぜ」

◇◇◇

「依頼完了ですね。おめでとうございます！　これで皆さんはBランクパーティーですよ！」

「ひとまずクリアね！」

「昇格！　嬉しいことですね！」

「やったな二人とも。まあ、状況が状況だけどさ」

俺は二人の頭を撫でてやる。すると、二人は嬉しそうに口角を上げた。

「これでさらに多くの依頼を受けることができるようになりましたよ。頑張ってくださいね！」

そういえば、ギルドはランクが上がれば上がるほど受けることができる依頼が増える。

彼女たちはBランクになったから、ある程度難易度が高い依頼も受けることができるだろう。

「……って待てよ」

俺はふと冷静になり、受付嬢さんに尋ねる。

「俺ってそういえばソロではSランクでしたよね？」

受付嬢さんは小首を傾げて、

「はい、そうですよ！　それがどうされました？」

俺は食い気味に顔をカウンターに出して、尋ねてみる。Sランク。つまりはギルドで最高ランクなのだ。しかもここは王都最大手。数多くの依頼があるはずだ。

「もしかして、レイピア王国の宮廷からの依頼ってあったりします？」

「……？　ありますが……急にどうされました？」

「受けます！　俺、ちょっとそれ受けたいです！」

「え、ええ!?　でも急にどうされました？　パーティーは……」

「もちろんパーティーメンバーは俺が保護します。確か、責任者がいれば格上の依頼でも受注可能でしたよね!?」

「確かにそうですが……つまり依頼を受けるんですか？」

「受けます！」

俺は声を大にして叫ぶ。ここで引いていてはだめだ。食い気味でも、意地でも受けなければならない。少しでも王国の関係者に接近しなければならないのだから。

「え!?　私たちSランクの依頼受けるの!?」

「マジですか!?」

確かに二人にとっては危ないかもしれないが、絶対俺が守る。それに、俺は俺で死ぬかもしれないのだ。彼女たちを巻き込むのは少し不安でもあるが、せっかくだからオッサンに付き合ってもらおう。それに彼女たちのことだ。きっと逆にテンションが上がることだろう。

俺は生死がかかっているわけだけれども。しかし、受付嬢さんは苦笑する。

「でも……馬鹿みたいに難易度の高い依頼しかないですよ」

そう言いながら、依頼書を見せてきた。そこには依頼主の欄に『国王』と書かれていた。

ターゲットは『魔王軍幹部』。

第三章　死期尚早

ギルド曰く、国王の依頼を受けるにあたりまずは王宮に向かえとのことだった。俺は紹介状を手に早速王宮にやってきたが、門番たちに足止めを喰らっていた。それもそうだ。見ず知らずの冒険者をほいほい王宮に入れるわけもない。

しかし困ったな、俺には時間もない。どうしようかと思案していたのだけれど。

「あらぁ。何をされているんですかぁ？」

全員が困っていると、突然女性の声がした。ふと顔を上げてみると、やけに綺麗な服装の女性が目の前にいた。長い青色の髪が風でなびいている。細身であり、しかしどこかオーラのようなものを感じる人だった。顔が見えないこともそれを増幅させているだろう。

なにやらお面のようなものを被っていて、素顔が見えないのだ。

「お疲れ様です!!」

「お、お疲れ様です！」

女性が現れた途端に、兵士たちが敬礼をする。となると、国家の偉い人なのだろうか。

「そこまで固くならずにぃ。それで、どうなされましたぁ？」

「いや、この者たちが国王様に会いたいと」

「しかし許可が出ていないため、難しいと伝えていたのです」

「へぇ。あなたたちは……カイルさんとその一行ですかぁ？」

「は、はい。えっと俺の名前、ご存じなんですよね？」

「もちろんですよぉ。有名ですしねぇ。それで、国王様に会いたいんですよね」

そう言いながら、女性はこくりと頷く。

「許可、出ていますよぉ。どうやら門番の方に連絡が行っていなかったようですねぇ」

こちらを一瞥して、くるりと踵を返す。

「よければ案内しますよぉ。ついてきてくださいねぇ」

「ありがとう……ございます」

俺はペコリと頭を下げて、彼女の後ろを追いかける。

「誰なんですかね？」

「誰なんだろう？」

「さぁ。まあよかったじゃないか。これで国王様に会える」

俺はそんなことを言いながら、お面を被った女性の後ろを歩いた。

「にしても、カイルさんはお強いんですよねぇ。なんでも、一撃で魔物を葬り去るとか」

「ええと、俺が強いわけじゃなくてユニークスキルが強いんです。俺は別にただのオッサンですよ」

「そんな謙遜しないでくださいよぉ。普通の冒険者なら三十で引退するのに、カイルさんは歳を取るたびに全盛期を塗り替えていく。素晴らしいですねぇ」

「いやいや……」

俺は別にすごくはない。すごいのは俺が持つスキルで、俺に価値があるわけではない。けれど、そう言ってくれるのは嬉（うれ）しい。この女性が誰かは知らないが、お褒めの言葉はありがたく受け取っておく。

「ここが王の間。少し待ってくださいねぇ」

言いながら、お面の女性は軽くドアをノックする。返事はないが、何か軽く頷くとこちらに顔を向けた。

「大丈夫らしいですよぉ」

「え、返事ありました？」

「ありませんでしたが、問題ありませんよぉ」

「ええ……」

「だ、大丈夫なの？」

「大丈夫なんですか」

困惑していると、二人が耳打ちしてくる。

「いや、俺には判別できねえよ……」

もしかしたら彼女には何か感じるものがあったのかもしれないし。俺は本当に何も言えない。

「準備はいいですかぁ？　いいですねぇ」

言って、俺たちの返事も聞かずにお面の女性は扉を開く。ギギギという擦（こす）れる音とともに、扉がゆっくりと動く。煌びやかな内装に、部屋を照らす炎がゆらゆらと揺らめいていた。

「ようこそ。まさか、お主がこの依頼を受けるとはな」

玉座に座っている人物が俺を見て、薄く笑う。

「お、お主って、俺を知っているんですか？」

「知っておる。お主のような人間を、国家が把握していないわけがないだろう」

「え、ええ……」

俺は頬を掻きながら、苦笑を浮かべる。

「国王様に認知されてるの!?」

「すごくないですか!?」

「お前らは少し落ち着こうな……」

にしても、どうして国王様が俺のことを認知しているんだ。俺は別にそこまで有名じゃないと思うんだけど。

「お主は高い能力を持っているのに、地位を求めない。幾度となく、お主に勇者になるよう勧めるようギルドに依頼していたが、すべて断られた。そんな人物を忘れるわけがないだろう」

「……？」

そんなことあったっけ？　いや、待て。今思い出せばあった気がする。なんか受付嬢さんに勇者になりませんかとか言われてた気がする。あの時は冗談で言っているのかなと思って、適当に流したような……。

「ええっ……!?」

「エリサっ……！　静かに……！」

二人も二人で衝撃を受けているようだった。エリサは目を丸くして、ユイは驚きながらも冷静さを保とうとしている。

「記憶にないような様子だな。だが、そこも気に入っている」

国王様は朗らかに笑い、静かに頷く。

「地位に無関心なお主が、今この依頼を受けたということは何か訳があると思っておるのだが――当たりだろうか？」

国王様は俺の方に視線を向けて、興味深そうに尋ねてくる。やっぱり国王様クラスになると、俺が別途で目的があることくらい筒抜けか。俺は半ば緊張しながらも、姿勢を正した。

「この宮廷に所属している、聖女に用があるんです」

「ほう……？　聖女に用があるのか。それはどうしてだ？」

「魔族の呪いによって、俺の命はあと一週間しかないのです。死を回避する方法はただ一つ。呪いを解くこと。しかし、この呪いを解呪できるのは……憶測ではありますが、恐らくここの聖女しかいないと思うんです」

「なるほど。それでお主は宮廷にわざわざやってきたのか」

国王様は静かに頷き、視線を俺の後ろにやる。

「ルルーシャ、君はどう思う」

「え……？」

急に聖女の名前が国王様の口から出たことに、俺は驚いてしまう。それも、明らかに聖女本人に聞くような言い方である。俺が恐る恐る振り返ると、お面を被った女性は頬を突いていた。

「んー。カイルさんを失うのはこの国にとって大きな損失になりえますし、呪いを解いてあげてもいいですねぇ」

どこか楽しげな様子でお面の女性――ルルーシャさんは肩を揺らす。

「え、えええ。あなたが聖女ルルーシャさんなんですか!?」

「あれぇ。気がついていなかったんですかぁ？　私、かなり有名な方だと思うんですけどねぇ」

全く気がつかなかった。というか、お面を被っているなんて話、聞いたことない。

「え!?　私の隣にいるの聖女さんなの!?」

「マジですか!?　畏れ多い！」

二人は慌ててルルーシャさんから距離を取る。

「まぁ。少し悲しいですねぇ」

その様子を見てか、残念そうにするルルーシャさん。しかし、すぐに切り替えて俺の方を見てきた。

「その呪い、解呪してあげてもいいですよぉ」

「ほ、本当ですか――」

興奮気味に返そうとした瞬間、俺の唇に指が当たる。

「お、おお……」

「ああ!?」

「ええ!?」

ルルーシャさんの指だった。ルルーシャさんは腰を曲げて、俺の唇に指を当てている。どこか大人の色っぽさというか、扇情的というか……。なんだこれ……オッサン、ときめいちゃいそうになった。この歳で乙女心が発現しそうになったぞ……。

「でも、無償で解いてあげるのは違う気がするんですよねぇ」

そう言いながら、ルルーシャさんは俺の肩に手を置く。

「もし、魔王軍幹部を倒すことができたら、お礼として解呪をしてあげます。どうでしょう？」

「や、やります！　やらせてください！」

「ふふふ。これでウィンウィンですねぇ」

ルルーシャさんは踵を返し、国王様に手を振る。

「それでは、私は仕事に戻りますのでぇ。国王様、カイルさんが魔王軍幹部をぶっ殺してきたら連絡くださいね」

「分かった。ルルーシャは仕事に戻りたまえ」

なんだか国王様とルルーシャさんの立場関係がよく分からないな。ある意味対等なようにも思えるが。

「それではカイルよ。改めて命令する」

そう言いながら、国王様は咳払い（せきばら）をする。

「レイピア王国南西、英霊の墓場を拠点としている魔王軍幹部『ギアン』の討伐を頼んだ」

「「了解しました！」」

俺と、二人の声が重なり合った。

◇◇◇

「英霊の墓場かぁ。すごい場所を拠点にしているのね」

「ああ。どうやらその場所は、そいつのせいで立ち入りも禁止されているらしい。おかげで遺族たちは不安がっているそうだ」

「……どうにかしないとですね」

「本当にどうにかしないといけない。拠点にしているだけでもヤバいのに、死者も出ている。このまま放置していると王都にまで被害が及ぶのは間違いないだろう」

ギアンがやっていることは許されないことだ。魔王軍の目的もそうだが、何より死者が出ている。人を殺した魔族は、人類の敵だ。すぐさま対処しなければならない。

もちろんこんなのは国王たち、いわば国家が対処する仕事だ。しかしながらどうしてそんな仕事が俺たちに回ってきたのか。それは単純に俺たちの運が良かったのもあるが、どうやら自分たちではどうにもできないレベルの魔族だったらしいのだ。そこで、助っ人を募集していたところ俺たちがやってきたという感じ。まあ、国王にとっては都合が良かったわけだ。俺のような強力な人材が引っかかってくれたことが……といっても、自分をそんな風に呼ぶのは好きではないが。

「そろそろです！　ふふ……カイル様の噂は聞いておりましたよ。私、こうしてカイル様の案内役を務めることができて光栄です！」

「いやいや、そんな畏まらなくていいよ。しかしこんなお嬢さんが国王様から案内を任せられるなんてすごいね」

「ありがとうございます！　私、こう見えて【地形把握】というユニークスキルを持っていまして！　そのスキルを買われて色々な冒険者様の案内を任されているんですよね！」

俺たちは国王様からバトンパスされる形で案内役――女冒険者さんと徒歩で行動していた。どうやら道が狭いせいで馬車などでの移動は困難らしいのだ。

「といっても、戦闘は苦手で役立たずなんですけどね」

「んじゃあ、色々と頑張っているわけだ」

「そうです！　私から志願して、これから戦闘任務も任されるかも……なんて話が上がっていたり……ってすみません！　喋りすぎちゃいましたね！」

「構わないさ。応援しているよ」

移ろう景色の中に、はっきりと印象的なものが現れた。数多くの墓である。あまりにも広大な墓地で、思わず感嘆してしまう。さながら墓場で形成された草原とも言える。これほどまでに多数の英霊が祀られているなんて、本当に大規模なようだ。

「カイル様！　そろそろです！　あ、あの！　戦ってる姿、見ていてもいいですか!?」

「それは危ないかもだからこのあたりで――」

女冒険者さんの声に反応しようとした瞬間、視界に何かが映った。

「なんだ!?」

いや、違う。何かが映ったんじゃない。

攻撃されているんだ。

「キャッ!?」

「や、やばいって!!」

エリサとユイの悲鳴が聞こえる。

「クソ……これ、ダメなやつだ!!」

俺が叫んだと同時に、体が宙に浮く。轟音（ごうおん）とともに、先ほどまで立っていた場所に体が叩（たた）きつけられた。

「っ……！　お前ら、大丈夫か!!」

「私たちは平気。どうにか防御魔法を展開できた」

「エリサのおかげで、わたしも大丈夫です」

二人はどうやら無事だったらしい。よかったと安堵（あんど）すると同時に、冷や汗をかく。

「……はは。マジか」

「ちょ……待ってよ。なにこれ」

「カイルさん……！　これ……!?」

先ほどまで女冒険者さんがいた方向を見ると、そこは赤い血液で生々しく濡れていた。絵の具をぶちまけたような、悲惨な光景だった。

「あれ……腕……ですよね……？　カイルさん……？」

「カイル……？　これヤバいんじゃ……!?」

「パニックになるな！　落ち着け！　死ぬぞ！」

どうやら待ち伏せされていたらしい。二人がパニックになりそうなのを察して、俺は声を荒らげる。

今ここで動けなくなってしまったら、全滅だってありえる。

「エリサ、ユイ。動けるよな？」

そう言うと、二人は静かに頷く。状況は理解できているらしい。

俺は頷いた後、どうにか立ち上がる。

乱れた息を整えながら、周囲を見た。十字架で埋め尽くされた草原。

普通とは違う、異様な光景に俺は息を呑む。

「戦闘態勢に入ろう。ここは危険だ――」

そう言おうとした刹那、体に強い衝撃が走る。ただならぬ攻撃で、俺は耐えることもできずに吹き飛ばされる。

「あがっ!?」

ガコンガコンと幾度となく衝撃が体に走る。恐らく十字架を破壊しながら、俺は吹き飛んだのだろう。

「カイル!!」

「カイルさん!?」

なんとか剣を引き抜き、地面に突き刺して無理やり停止する。

「ふう……ヤバかった」

よろめきながらも、どうにか立ち上がる。

「やっぱりスキル、やべえな。これでも無傷だ」

「本当にすごいね。僕の攻撃を受けても、傷一つつかないなんて」

「っ!?」

背後から声が聞こえたかと思うと、肩を掴(つか)まれる。恐る恐る振り返ると、大きな角を二本生やした少年がいた。服装はそれこそ、貴族の坊ちゃんが着ているようなもの。背丈も俺より遥(はる)かに低い。けれど、明らかに人間とは違う魔力を感じた。

「ま、人間なんて所詮(しょせん)下等生物。魔王軍幹部である僕には絶対に勝てないんだけど」

俺は咄嗟(とっさ)に手を振り払い、構える。

「おいおい。僕に勝てると思って拳(こぶし)を構えているの？　なんだいそのひ弱そうな拳は？」

「……てめえが、ここを拠点にしている魔族か」

「そうだけど？」

「なんだよ……お前のその手に付いてる血はよ。俺らのじゃないよな。それに」

言うと、ギアンは自分の手に握っている布に視線を落とす。あれは……さっきの女冒険者の服の一部で間違いない。

「ああ？　これかい？　これはさっき殺した女のだよ。ハンカチ代わりにちょうどいいよね、これ。こうやって手をフキフキしたら、ほら綺麗」

服の切れ端で、自分の手に付いている血を拭う。

「……人間を殺したんだな？」

心臓が早鐘を打っているのが分かる。手だって震えている。分かる、今の俺は冷静じゃない。今まで生きてきた中で、過去一番に動揺している。

二人だってそうだ。今は必死でギアンのことを睨めつけているが、二人の目には雫がたまっていた。どうにか目の前に敵に集中しているから決壊はしていないが、ちょっと突けばすぐに瓦解してしまいそうな脆さを感じる。

「殺したよ？　いいよね、さっきの女。どこか希望に満ち満ちた目をしていたよ。まるで、何か新しいことをする前日のような感じだった」

「ほかに何か言いたいことはあるか？」

「人間風情を殺しただけなのに、そんなに怒っている君は哀れだな……かな？」

俺はぐっと拳を握り、ギアンを見る。こいつはダメだ。今すぐにでも排除しなければならない。

「エリサ、ユイ。構えろ」

「わ、分かった！」

「はい！」

俺は相手を見据え、唇を噛みしめる。

「ギアンをぶっ倒すぞ」

「僕を倒そうっていうのかい？　哀れだな。可哀想だな。どうせ死ぬことになるのに、自ら自分を滅ぼそうとするなんて」

ギアンはくつくつと笑いながら、俺たちのことを睨めつけてくる。相手は武器を持っていない。とどのつまり、魔法特化の魔族だろう。さっきの攻撃からも、大きな魔力を感じられた。

「どうしてこんなところを拠点にしてんだ。何が目的なんだ」

「目的ぃ？　まあ色々あるんだよ。こっちもこっちで面倒なことがあってね」

「あっそ。で、それが人間を殺して構わない言い訳になるのか？」

「それは関係ないさ。だって人間はいくら殺しても、別に僕が困ることなんてないからね」

こいつ……とことんクズ野郎だな。

「悲しむ家族がいる」

「悲しさを抱く時点で人間は下等生物なんだよ。分かるかい？　いや、分からないか。だって君も人間。同じ下等生物なんだからねぇ！」

「……ぶっ飛ばす」

俺は拳を構え、相手を見据える。

「ああ？　もう一回言ってみてよ？　脆くてか弱くて、貧弱で大馬鹿で、恥知らずの人間くんさあ？」

「ぶっ倒すつってんだよ‼　エリサ、バフを！　ユイは弓をぶっ放せ！」

「分かった！　全員に《攻撃強化》を付与！」

「深呼吸……行け！」

エリサのバフ発動後、ユイが矢を放つ。しかし、魔族は簡単に矢をへし折ってみせた。

「なんだよ。強い言葉を使っているくせに、弱いじゃないか」

「二人とも。相手の言葉は気にすんな、引き続き撃ち続けてくれ。エリサも加勢を頼む」

「分かった！」

「了解です！」

ユイだけでなく、エリサも攻撃に加わる。二人は一斉に攻撃を放った。

さながら波のように、相手へと飛んでいく。

「無駄。全部無駄。すべて無駄。これも、あれも、それも。全部無駄！」

ギアンはケラケラと笑いながら、防御魔法を展開して攻撃を無効にしていく。

「弱いねぇ！　か弱いねぇ！　貧弱だねぇ！　次は僕の番だ！」

そう言いながら、ギアンが手を振り上げる。すると、幾重もの魔法陣が浮かび上がった。

「なっ⁉」

「ヤバくないですか⁉」

魔法陣が回転を始め、付近の空間がねじ曲がる。

「死ね！　全部死ね！　一切合切死ねばいい!!」

瞬間、魔法陣から数多くの魔法弾が放たれる。俺たちに向かって一直線に飛んできた攻撃は、見事命中した。

「ふはははは！　どうだ！　どうだ僕の攻撃は！　全員死んだな！　無様だな！」

見事、俺の体に命中した。土煙が上がる中、俺は一歩前に前進する。

その様子に気がついたのか、ギアンの表情が険しくなった。

「な、なんだ。どうしてあの攻撃で動けているんだ……いや違う。動けているどころの騒ぎじゃない。無傷だ。僕の攻撃を喰らっても……無傷!?」

「ああそうだ。オッサンさ、こう見えて体は頑丈なんだ」

ギアンは足を地面に擦りながら、後退していく。俺に対して、恐怖の眼差しを送ってくる。

「お前……何者なんだ!?　い、いや今はどうだっていい！　さっきのはきっとたまたまだ！　死ね！　死ね死ね死ね！」

ギアンが手を振り上げ、何度も魔法弾を撃ち込んでくる。だが、俺はそれをすべて落としていく。すべて、無効にしていく。

「な、なんだよそれ……お前、人間なのかよ!!」

ギアンは手を震わせながら、俺に尋ねてくる。ああ、俺が人間かどうかか。俺は相手を見据え、嘆息する。

「最近さ、俺、病院に行ったんだ。そしたら医者に、『あなた、人間を逸脱しています』って言われてさ」

「は、はぁ!?」

「俺も動揺したさ。びっくりした。なんせ、人間を逸脱した、だぜ？」

俺は拳を構え、相手へと近づく。

「まあ、今はどうだっていい。俺の仕事はお前を倒すことだ」

「く、来るな！　こっちに来るな！」

「エリサ、ユイ。燃やせ。貫け」

そう言って、彼女たちに攻撃の指示を送る。

「分かった！」

「は、はい！」

刹那、炎と矢が俺の隣を過ぎ去り、何度もギアンの体を燃やし抉った。

「あ……ああっ……！　痛い……痛いよ……！　痛い痛い痛い痛い痛い！」

炎は衣服に燃え移り、次第に体全体へと広がっていく。矢は腕や腹に突き刺さり、穴を開けた。

「痛いよ！　痛いよぉぉぉぉぉ!!!!　ああ最悪だぁぁぁぁ！　僕が何をしたっていうんだ！　僕はただ呼吸をして、ただ美味しい食べ物を食べて、少しの幸せを望んでいただけだったのにぃぃぃぃぃ!!」

俺はゆっくりとギアンとの距離を詰めていく。彼は殺さないといけない。殺さなければならない者だ。必ず仕留める。これが俺の役目だ。

「生憎だが、今回は脆くてか弱くて、大馬鹿者の人間様の勝ちだ」

拳を引き、思い切り防御魔法に叩き込む。

瞬間。

――ゴォォォォォン!!

轟音が響き渡り、衝撃波が周囲に弾け飛ぶ。

「い、嫌だ！　負けたくない！　お前みたいな人間に負けたくない！」

「無駄。全部無駄。すべて無駄。これも、あれも、それも。全部無駄。お前の足掻きは、すべて無駄だ」

相手は散りゆく体を動かし、どうにか防御魔法を展開しようとする。が、死にかけの体で発動したものなんてたかが知れている。

簡単に防御魔法にヒビが入る。ピキピキと音を立てながら、ヒビ割れていく。

そして、俺の拳は防御魔法を貫き、ギアンへと到達する。

「あ、あがぁぁぁぁぁぁぁ!?!?」

ギアンは思い切り吹き飛ばされ、一本の大樹にぶつかった。大樹は大きく揺れ、最後には大きな音を立てながら倒れた。

「ふぅ」

俺は息をついて、大樹の元へと歩く。

「これで終わりだ。何か言い残すことはあるか？」

「……ねえよクソ人間が！　地獄で殺した人間とお遊びでもしてようかなぁ!?」

「哀れだな」

俺は最後の一撃を放ち、静かにギアンの腹から引き抜く。ここまで最悪で最低な存在を倒したのは初めてかもしれない。しかしこいつは死ぬべき魔族だった。平和的解決なんて望めない。

俺はゆっくりと歩き、道案内をしてくれたお嬢さんがいた場所に行く。ギアンがやった殺し方は本当に酷い。俺はどうにか遺品を探そうとするが……あまりの酷さに手が震えてしまっていた。

「こ、これ……あの人のハンカチじゃない……？」

「……ハンカチしか、もう残っていませんね……」

「……十分だ。そのハンカチだけでも埋めてやろう」

俺たちは小さな穴を掘り、彼女の遺品を優しく埋めた。

「彼女……これからだったってのに」

拳をぎゅっと握り、それから手を合わせる。絶対に俺たちが魔王軍をどうにかする。彼女の無念を晴らすためにも、必ず。

「よし……行こうか。俺たちのやるべきことが、今日はっきりした」

「う、うん！」

「分かりました！」

俺はふうとため息をついて、墓地を一瞥する。あの子の復讐は、俺たちが必ずする。

「討伐、感謝する。お主の力によって、少なくとも幾多もの人間が救われ、報われた」

「素晴らしいですねぇ。パチパチパチ」

俺たちは宮廷に帰還し、国王様に結果を報告していた。相変わらず絢爛としている王の間は、ここにいるだけで少しばかり恐縮してしまう。王の前でひざまずき、ゆっくりと顔を上げた。

「さてと。それじゃあカイルさんにはお礼をしないとですねぇ」

「ああ……すみません」

「ですですぅ。ってあれ？　なんだか浮かない顔、していますねぇ？」

「ははは……ちょっとギアンのことが……」

あいつがしたこと、そして墓地の景色が忘れられないでいた。改めて思い知らされたのだから当然だ。言葉にできない、言葉にすることすら憚られる。今の俺には何も言えない。ただそれが引っかかっていて、でも何もできない自分がもどかしく思えてしまう。

「まあまあ。素晴らしいことじゃないですかぁ。ともあれ、自分のことも大切にしてくださいね」

そう言いながら、ルルーシャさんは俺に近づいてくる。目の前に立って、俺のことをお面越しにじっと見てきた。

「一体どうやって解呪するんだろうね！」

「気になりますよね！」

エリサとユイの騒ぎ声が聞こえてくる。まったく、二人は少し落ち着いたらいいのに。別に解呪っていっても普通のことをするだけだろうし。普通に魔法陣を展開して、普通に呪いを解く。ただそれだけだろう。

「よいしょ」

突然、ルルーシャさんがお面を外す。翡翠色の綺麗な瞳が俺を覗き込んでくる。

というか……素顔、めちゃくちゃ美人だ。華奢な体型も相まって美女という言葉が相応しいだろう。オッサンの俺が言ったら気持ち悪いかもしれないが、めちゃくちゃ魅力的な人だと思う。

でも、どうしてお面なんて外す必要があったんだ。

「ちゅ」

「……え？」

「は!?」

「えええええ!?」

何が起こったのか、俺には理解できなかった。唇に柔らかいものが……え？　一体俺に何が起きたんだ？

「解呪成功です。これで呪いは解けましたよぉ」

「は、はあ」

「キスした!!　ルルーシャさんがカイルにキスした!!」

「えええええ!?　ちょっと待ってください！　それはダメですよ！　不健全です!!」

ああ。やっぱり俺、キスされたんだ。キス……キス……。

キス!?

「ルルーシャさん!?　一体どうして俺にキスなんてことを!?」

俺は動揺しながら、ルルーシャさんに尋ねる。もう恐縮というか、その域を脱していた。怖い。

え、俺死ぬの？　ここがもしかして俺の全盛期というかフィナーレだったりするのか？

「特に意味はありません。強いて言うなら、私の好みでしたからサービスをしてあげようかなぁと」

「は、はあ!?」

俺がルルーシャさんの好み!?　こんなオッサンがか!?　こんなオッサンでもいいのか!?

「俺は……俺は……」

「あらぁ」

頭の思考回路が完全にショートしたのが、なんとなく分かった。オッサンには、ちょっと過激すぎるって。

「あら、足りなかったですか？」

「い、いえ！　足りてます！　ありがとうございました！」

俺は必死に言いながら頭を下げる。いや……いい思いをした。オッサン、たまに生きるのが辛くなることもあるんだけど、今のですべて消し飛んだ気がする。多分俺、今日のこの時のために生きていたんだ。

今なら言える。お医者様、俺に余命宣告をしてくれてありがとう。でもそれはそれだから。医者は絶対に許さないからな。

生きてて……よかったぁぁぁぁぁぁぁ!!

「こほん……ガッツポーズをしているところ悪いが、話をしてもよいか」

「あ、すみません！　少し取り乱してしまいまして！」

国王様が咳払い(せきばら)いをしながら、俺のことを見据えてくる。危ねえ……国王様の前だったの完全に忘れてたよ。めちゃくちゃ失礼なことをしてしまった。聖女パワーすげぇ。

「お主たちの功績はかなり大きなものだ。改めて感謝する」

「いやいや！　頭を下げないでくださいよ国王様！」

「畏(おそ)れ多いですから！」

「恐縮しちゃいます……！」

俺たちは一斉に国王様を止める。

さすがに一国の王に頭を下げさせるのはよろしくない。それに、これは俺の意志でやったことだ。

「王として頭を下げるべきだと思ったからだ。ところで、お主たちに提案があるのだが聞いてくれるか？」

「提案……ですか？」

「現在も魔族は変わらず人間に敵対をしている。それだけでもまずいのだが、なにやら不穏な噂(うわさ)も流れてくるようになった」

「不穏な噂、ですか？」

「まだ精査の途中で、詳細は不明だ。不確定要素が多く申し訳ないが分かれば必ず連絡する。が、お主たちには引き続き魔族を——魔王軍幹部の討伐を目標にしてほしい」

魔王軍幹部の討伐……か。国王様直々のご命令、だからといって引き受けなければならないというものではないだろう。国王様だって、俺の性格は把握しているはずだ。

けれど、断ろうとはあまり思えなかった。なんていうか言葉にできないのだが、引っかかるものがあるのだ。喉に魚の棘が刺さったかのような、気持ち悪さ。あのギアンが言っていたこと、やったこと。それらが引っかかって、もう退散なんてできなかった。

正義感とかそういうものではない。俺は生憎とそこまで肝っ玉は据わってないし、三十にもなって正義を掲げるほど痛くはない。ただ……どうしても思うところがあったのだ。

「二人は構わないか？」

「もちろん！」

「ぜひ引き受けたいです！」

「ということです。俺たちでよければ、ぜひとも手伝わせてください」

そう言うと、国王様は静かに拍手をする。

「ありがとう。しかし何のお礼もなく、お願いをするというのも申し訳ない」

「といいますと？」

「二人目の幹部を倒すことに成功したあかつきには、お主たちを勇者として正式に国家で雇いたいと思っておる」

「本当!?」

「それって嘘じゃないですよね!?」

「おいおい……お前ら落ち着け……」

俺はどうにか騒ぐ二人を落ち着かせ、国王様の方を見る。

「ありがとうございます。期待に応えられるよう、全力でやらせていただきます」

「うむ。期待している。また何かあればこちらから依頼をすると思うが、それまでは自由にやってもらって構わない。気にかけていてはもらうが、普段通り活動を続けてくれたまえ」

俺たちは頭を下げる。いよいよお遊びのような感覚ではいられなくなった。いや、もう俺は覚悟を決めている。今回の件で、新たに色々と知ったからだ。こんな大仕事を任されることなんて滅多にない。全力でやらないとな。

「とりあえず、これが今回の報酬金です。疲れたでしょうから、宿も取っておきましたよ。ゆっくり休んでくださいねぇ」

「ありがとうございます――って重っ!?」

お金が入った麻袋を受け取って、俺はあまりの重さに思わず声を上げる。さすがは国家からの依頼だ……報酬金の額が桁違いだ。

「それでは、また会いましょうねぇ」

「は、はい！　また！　ぜひ！」

「……カイル」

「……カイルさん？」

「ご、ごめんって」

女性陣たちからの視線が痛い。それはともあれ……ルルーシャさん最高だぜ！

と思っていた帰り道のことです。

「お前ら、ここは宿じゃないだろ」

「そうだね」

「ユイ、ここは病院って場所だと思うんだけど」

「そうですね」

「なぁ、お前ら怒ってる？」

「怒ってないよ」

「怒ってないです」

「絶対怒ってるよな!?　なんで俺をわざわざ病院まで連れてきてんだよ！　解呪は成功したって言ってたろが！」

俺は二人に向かって、泣きそうになりながら叫ぶ。確かに心の中で医者には感謝した。

だからといって病院に行きたいわけではない。俺は変わらず病院は嫌いだし、これから先も嫌いだというのは変わらない。

「ほら、一応念のために検査してもらった方がいいと思うんですよ。本当に解呪できたのか分からないじゃないですか」

「そうそう。もしかしたらあの人はカイルにキスがしたかっただけかもしれないんだから」

「お、お前ら……」

怖い。二人の目が死んでいる。見たこともない目をしている。今の彼女たちなら、おもむろにナイフを持って、俺の腹を刺してきてもおかしくない目をしている。やっぱりまずかったかな。

オッサンが美人な女性にデレデレするのはまずかったのかな。

「キスは……ダメだったのか？」

「アウトだね」

「たとえ世界レベルの聖女だとしても、カイルさんにキスをするのは神に反逆するレベルでダメですね」

「そんなに？」

「「そんなに」」

「え、ええ……」

俺が困惑していると、二人が背中を押してくる。

「入ろうね」

「入りましょうね」

あまりの圧に、俺は断ることもできずに病院の扉をくぐった。

◇◇◇

「随分とカイルのことを気に入ったようだな。人間には興味がないルルーシャにしては珍しい」

「あらぁ？　人間には興味がない、とは失礼ですねぇ国王様。人並みには興味がありますよぉ」

カイルが去った王の間にて、ルルーシャは静かに、しかしながらどこか楽しげな様子で語る。彼女は性格上、性質上あまり人間には興味を示さない部類だ。人並み、とはいえ彼女の持つ力はそれこそ世界レベルであり、自分以外に興味を示さないのは当然とも言える。

「でも、いいですねぇ。カイルさんは。彼からはとてつもない魅力を感じましたぁ」

だからこそ、彼女は人間を逸脱した力を持つカイルに魅力を感じていた。自分をも超えるであろう人間に出会えた事実は、嬉しくもあった。それこそ、彼女は自分が世界を揺るがす力を持っていると自覚しているからだ。

カイルはその自分と同レベル、いやそれ以上。

「このドキドキはまさか恋わずらい……私、患ってしまったのでしょうかぁ」

「面白いことを言う。お主は強い者が好きなだけだろう」

国王は呆れたように言うが、ルルーシャはただただ笑うのみ。緩む口角をどうにか正しながら、己の仮面に手を当てる。

「期待していますよ。カイルさん」

◇◇◇

病院内に入っても、ギリギリまで抵抗していたのだが……結局俺は診察室に入ることになってしまった。やっぱり女の子は怒らせたら怖いのな……。ともあれ、解呪が本当にできているかは確かめなければならないことではある。

俺はため息をついて、クソ医者の前に座った。

「おや。まだ生きてたんですね」

「まだ一週間も経ってねえよクソ――ちょっとやべえ医者」

「少しだけ私に対する言い方がマシになりましたね。何かいいことありました？」

「…………」

「ルルーシャさんのお面の下は美人らしいですね」

「…………」

「図星ですか。まあよかったです。無事解呪してもらえたようで」

そう言いながら、医者は診断書に目を通す。

「確かに解呪はされてますね。うん、問題ないと思いますよ」

「はぁ……よかったです。だってよ二人とも、俺は大丈夫だそうだ」

「よかったですね！　ちなみにカイルさんはルルーシャさんとキスをしましたよ！」

「それも熱いキスをしてたよね！　うん、腹立つ！」

「おや……キスをしたのですか。いい歳したオッサンなのに幸せ者ですね」

「おい！　誰が言っていいっつった！　というかお前にはオッサンって言われたくねえよ！」

「若い女の子限定ですか？　拗らせてますね」

「……もう帰る。早く宿に戻ろう」

　こんな場所にいたら普通に精神が擦り減る。というか、この中に俺の味方はいない。

　さっさと帰りたい。

「あ、待ってください。一つお願いしたいことがあるんですよ」

「……はあ。俺、忙しいんですけど」

「いいじゃないですか。実質、私は命の恩人なんですから、お願いは聞いておくべきですよ」

　確かにその通りではある。不満はあるが、一応聞いてみるか。俺は椅子に座り直して、医者の方を見る。

「実はどうしても手に入れたい素材があるのですが、それがとても希少で。かなり危険なもので、依頼を出してもこなせる冒険者がいないんですよ」

　そう言いながら、医者はニコリと笑う。

「オーガを五体ほど狩ってきてください」

「え？」

「はい？」

「よく笑顔で頼めますね、それ」

「それも物理耐性を持っている個体です」

「え……？」

「はい……？」

「よく平然と頼めますね、それ」

オーガの個体ランクはS。普通なら軍隊が動くレベルの難易度である。それも物理耐性を持っているときた。やっぱりこの医者、おかしいんじゃねえの？

「あなたレベルなら余裕ですよね？」

「俺を化け物か何かだと勘違いしていませんか？」

「人間は逸脱してますよ？」

「俺は人間ですよ？」

「私的には人外判定ですね」

「だから物理耐性持ちのオーガ五体を相手にさせてもよいと？」

「いいんじゃないんですかね」

「俺は一応人間だから人権とかあると思うんですけど」

「私的には人外なので、人権的なものからは除外されますね」

「よし決めた。お前は今日からクソ医者確定な。異論は認めない」

「酷(ひど)いですね。あなたを信用して言っているんですよ。ほら、あなたってオーガをワンパンしてたじゃないですか」

　クソ医者は指を振りながら、笑顔で言ってくる。これからは心の中でもしっかりクソ医者と呼ぶことにした。多分、これから先何があったとしてもクソが外れることはないだろう。

「まあ確かにワンパンしてたけど……俺がやってたのは普通のオーガだしな」

　俺がこのクソ医者にかかる前に倒したのは物理耐性など持っていない個体である。

　いつもは素手でぶん殴っているから、物理耐性を持たれていると対処のしようがない。

「あれ。倒せないんですか？」

「多分無理なんじゃないか。だって俺の戦闘スタイルって物理だし」

「いや、絶対大丈夫ですよ。だってあなたの魔法攻撃のステータス覚えてます？」

「覚えて……確か一万超えてたっけ？」

「超えてますね」

「俺って簡単なファイアとかしか使えないんだけど」

「ファイアは下級魔法ですが、あなたが使ったら神話級になるかもですね」

「マジ？」

「室内で試さないでくださいね。多分病院が跡形もなく消えます」

　俺が最後に魔法を使ったのはずいぶん前のことである。弱い魔法しか使えなかったから、次第に武器で対処するようになった。次第に武器も必要なくなったから、俺は素手を使うようになった。

　だが、クソ医者が言っている通り、いま魔法を使ったらヤバいんじゃないのか？

「ねね！　カイルの魔法見てみたい！」

「使ってみてくださいよ！」

エリサとユイが興味津々に聞いてくる。

「そ、そうか。見てみたいか」

若い子に言われたら、なんだかオッサン頑張りたくなっちゃうな。

「私も見てみたーい」

「いい歳してかわい子ぶるなよクソ医者。醜いぞ」

「失礼ですね。まあいいです。それじゃあ試してみますか？」

そう言いながら、クソ医者が窓の方を指さす。

「近くの平原で試し撃ちでも」

「……どうする二人とも」

「見たい！」

「です！」

「しゃーねえ。んじゃ、試してみるか」

「やったー！」

「早速行きましょう！」

◇◇◇

「それじゃあ、あの岩に向かって放ってみてください」

平原まで出てきた俺たちは、クソ医者に言われるがままに大きな岩の前に立った。クソ医者は岩をぽんと叩いた後、俺の隣まで走ってくる。

「並ぶなよ」

「いいじゃないですか。近くで見たいんですよ」

不満である。が、まあ仕方がない。とりあえず簡単なファイアでも放ってみるか。久しぶりだなあ、魔法なんて使うの。ま、所詮下級魔法だ。頑張っても岩を破壊する程度だろう。

「《ファイア》」

俺がそう言った刹那、手のひらで光が収束する。空気を震わせ、視界が歪んで見えた。

瞬間。

――バゴォオオオオオオオオオン!!

「は……？」

爆裂音とともに、地面が抉れ、あまりの熱さに視界が歪んだ。岩は跡形もなく消え去り、土は灰と化した。

「ほらね？　やばいでしょ？」

その様子を見たクソ医者が、俺にウィンクをしてきた。

「どうですか？　やばいでしょう？」

クソ医者が親指を立てる。

「俺の魔法……壊れちゃってる……」

「あなたが壊れているんですよ」

クソ医者が腰に手を当てて微笑を浮かべる。

「俺が壊れているのか……」

「やはり人権は適用されないってことになりますね」

クソ医者がこちらに向かってダブルピースをしてくる。

「なあお前、舐めてる？　ふざけてるよね？」

「いやいや、ふざけてなんかいないですよ。ちょっとポーズを取っているだけです」

「それを世間的にはふざけているって言うと思うんだけど、お前の中にある常識がぶっ壊れているんじゃないのか？」

「クソ医者ですから」

「都合のいいときだけクソ医者を認めるなよ」

「それが人間ですから」

「お前みたいな奴が人間判定になるなら、俺は人間じゃなくていいわ」

「なら人権は必要ないですね」

「それは話が別だ」

そう言いながら、俺は大きく息を吐く。

「さっきの魔法、すごすぎるわよ！」

「岩が消滅しましたよ!?」

「ああ。俺もびっくりだ」

嘆息しながらも、興奮している二人に笑顔を向ける。ともあれ、俺は一応魔法が扱えることが分かった。クソ医者にはムカつくが、感謝してもいいだろう。手に付いた汚れを払いながら、クソ医者を一瞥する。

「んで、報酬はなんだ？」

もちろん俺はタダで依頼をこなすなんてことはしない。依頼というものは、報酬金があってこそ責任が発生するものだ。そのあたりははっきりとしておきたい。

「もちろんあります。お金ではないのですが、豪華な特典を考えていますよ」

「ちなみにその特典って？」

尋ねると、クソ医者は満面の笑みで答える。

「診察料全額無料キャンペーンを――」

「いらねえ。帰るぞお前ら」

「冗談ですよ。そんなすぐ帰らないでくださいって」

「俺たちは暇じゃねえんだよ。な、二人とも」

「そうです！　カイルさんを診察してくれるのは感謝していますが、わたしたちも立派な冒険者ですから！」

「そうだよ！　そこら辺、勘違いされると困るなぁ！」

「すみませんって。冗談ですよ冗談」

慌てながら、クソ医者が訂正してくる。まったく、仕方がない人だ。いや、どうしようもないクソ医者だ。

「本当の特典というのは、あなたたちに様々な情報を提供することです。こう見えて、私は様々な患者さんを相手にしていますし、色々と人脈がありますから、マル秘情報もたくさん入ってくるんですよ」

そう言いながら、クソ医者は人差し指を立てる。

「国王様が悩んでいることも知っています。大方、あなたは国王様の依頼をこなした実力者ですから、何か大きな頼みごとでもされたんじゃないですか」

「……それは」

「当たりですね」

なんだかな。

このクソ医者は勘だけはいい。

「悪くないとは思いますが、いかがでしょうか」

「……分かった。引き受ける。二人もそれでいいか？」

「私は大丈夫！　目標のためなら頑張ろう！」

「わたしもです！」

「だそうだ。んじゃ、オーガ特殊個体の討伐は引き受ける。ちなみに、場所はどこなんだ」

「場所はリエトン伯爵領付近の森ですね」

変わらず、クソ医者はニヤつきながら答えた。

「受付嬢さーん。戻りましたよー」

俺たちはリエトン伯爵領に向かう前にギルドに寄ることにした。王宮からの依頼の報告のためだ。これが終わったらすぐにリエトン伯爵領へ向かう予定だ。

カウンターに顔を出して、奥にいるであろう受付嬢さんに声をかける。しばらく待っていると、走ってくる音が聞こえてきた。

「カイルさん！　おかえりなさい！　生きてたんですね！」

「なんですかそれ。生きてたんですかって言い方、おかしくありません？」

「いやぁ……カイルさんがあの依頼を受けたって噂、一瞬でギルド内に広がりましてね」

「ほう」

「さすがにカイルさんでも死ぬかもしれないって、皆様生きてるか生きてないか、ギャンブルをしていたんですよ！」

「はぁ!?　そんな不謹慎なギャンブルしないでくださいよ！　だからめちゃくちゃ冒険者さんらが俺のことを見てきたんですね」

「ちなみに、私は生きている方に賭けてましたよ！　いやー、勝ったお金で今日は焼き肉ですね！」

「受付嬢さんは参加しちゃだめでしょ！　止めてくださいよ！」

「たまにはお茶目をしてもいいかなと思いまして！　てへ！」

受付嬢さんが舌を出しておどけてみせる。まさかこんなキャラだったなんて思いもしなかった。

……俺の生死でギャンブルされるなんてたまったものじゃないな。

「ともあれ、帰ってきたってことは依頼、達成したってことですね！」

「はい。無事、魔王軍幹部をぶっ倒してきましたよ」

俺はそう言いながら、両隣に立っているエリサとユイの頭に手を置く。

「この子たち、めちゃくちゃ活躍してましたよ。おかげで無事、達成できたってところです」

「私たち何もしてないよ!?」

「してないです!!」

「しー……！　こういう時は静かに頷いとけばいいんだよ」

せっかく彼女たちの評価を上げようとしたのに。しかし、はっきりと違うと言えることは素晴らしいと思う。まあ、立ち回りは下手くそだけどな。

「ふふふ。いいパーティーですね」

受付嬢さんにも笑われてしまう。俺は少し恥ずかしく思いながら、頬を掻く。

「さてさて、それでは報酬金ですね」

「あ、それに関しては大丈夫ですよ！　国王様から直接貰いましたんで！」

「それは多分おまけですね。形式上、ギルドからの依頼はギルド側がお支払いすることになっていますので」

「え、ええ」

そう言いながら、受付嬢さんが麻袋を取り出す。お、重……たっぷり金貨が入っている。

俺は手渡された麻袋を持ち、困惑してしまう。これ、本当に貰っていいのか？

「おおおお!!　お金だぁぁぁぁ!!」

「やったー！　国から貰ったのと……ギルドから貰ったのがあれば……美味しいお肉がたくさん食べられます！」

麻袋に胸を躍らせた二人は、楽しげにご飯の話をしている。

「お前ら……もしかしなくても、一晩で全部使う気だな？」

「当たり前じゃん！　こんな大金蓄えても仕方ないよ！」

「貯金なんてしなくても、案外どうにかなるものですよ！」

「……はぁ。この金は俺たち三人で稼いだ金だ。ここは三人で平等に割ろう。もちろん自分の金は自由に使っていいが、将来のことを考えてだな――」

一つ説教をたれようかと思ったが、二人は俺の麻袋を見ながらニヤニヤしていた。これ、意味ねえな。

「まったく……」

嘆息しながら、彼女たちに麻袋を手渡す。

「んじゃ、クソ医者の依頼を達成したら美味い飯でも食べに行くか」

「食べる!!」

「速攻クリアしましょう！」

わいわい騒ぐ二人を見ていると、改めて俺は歳を食っちまったんだなと認識する。

昔と比べて、オッサンくさくなっちまった。

「あら、またお仕事ですか？」

カウンターから顔を出して、受付嬢さんが小首を傾げる。

「ああ、はい。近くの町医者から直接依頼がありまして」

「なるほど！　……大体察します」

「あはは……本当に」

色々とこちらにもメリットはあるが、あのクソ医者の言うことを聞くのはなんだか憂鬱だなぁ。

「馬車……自腹だな」

王都の広場には、馬車が数多く集まる場所がある。そこにやってきた俺たちは、リエトン伯爵領へと移動する馬車を探していた。前回はギルドに用意してもらったが、今回はギルドからの依頼ではない。そのため、馬車は自分たちで手配しなければならなかった。

「完全に忘れてたわ。依頼を達成したらクソ医者に馬車代を請求しよう」

「こんだけお金があるからいいんじゃない！」

「ですです！　カイルさんは気にしすぎですよ！」

「俺もさ、こんなことはしたくないよ。でもすまない。俺はあのクソ医者にサービスする気は微塵もないんだ」

「そんなに嫌い？」

「嫌い」

「どう思っているのです？」

「死ねばいいんじゃないかなと思ってる」

そう言うと、二人は顔を見合わせて苦笑する。なんだ……俺が変なことを言っているみたいじゃないか。でもさ、余命宣告された時もだしさ。俺にオーガ討伐を頼む時もさ。

めっちゃ酷かったじゃん？　俺はヤバいと思うよあいつ。この二人は平気そうだけどさ、当事者は違うんだ。彼女たちもきっと分かる時が来る。

「……」

まあ理解なんて求めても仕方がないか。

「あ！　見つけたよカイル！」

「御者さーん！　わたしたち乗ります！　三人です！」

二人が馬車に駆け寄り、お金を手渡す。支払いが終わったのか、こちらに向いて手を振ってきた。

「はいはい」

俺は彼女たちに促されるまま、馬車に乗り込む。

「ここから二日か。一泊する場所はあるけど、また腰をやりそうだなぁ……」

座る場所も硬い材質だし、全然オッサンに優しくない。想像するだけでため息が漏れる。

馬車が動きだし、俺はガタガタと揺られる。

「ねえカイル！　やっぱり腰、やっちゃいそう？」

「ああ……多分やるな。その時はお前に簡単な処置をしてもらうよ」

答えると、エリサはふむと考えるそぶりを見せる。

「それじゃあさ！　私が膝枕してあげるから、寝転がったらいいじゃん！」

「は、はあ!?」

「何を言ってるんですかエリサ!?」

しかし、エリサは満面の笑みで後ろを見る。

「客席も二列あるし、お客さんは私たちだけ。ユイには申し訳ないけど、私たちは後ろの席に移動するね！」

「はぁ!?　いや、ちょっと!?」

「エリサ!?　ええ!?」

俺はエリサに手を引かれるまま、後ろの席に移動させられる。そして、俺は空を見上げることになった。頭には、柔らかい太腿(ふともも)が当たっている。いや、訂正しよう。俺は正しくは空を見ていない。

見えるのは……胸だ。エリサって意外と胸があったんだなぁ……。

「って、オッサンに何してんだよお前！　本当に！」

「いいじゃん！　これで腰はやらないでしょ？」

「いや、でもなぁ！」

「……嫌？」

俺が起き上がり、彼女に説明しようとしていると、涙目でこちらを見てくる。

そんな顔されると……俺、これ以上言えないじゃん。

「ユイ……お前は構わないのか」

「……帰りはわたしがしてもいいのであれば」

「お前も何を言っているんだ？」

オッサンを膝枕して何が楽しいんだ。

「ってことだから！　カイルは私の膝枕でのんびりしましょうねぇ！」

「うぐっ!?」

エリサに頭を思い切り掴まれ、強制的に膝枕の体勢になる。見えるのは……胸。

「……寝よう」

オッサンはすべてを諦めて寝ることにした。

◇◇◇

「そろそろだよ〜」

「ん……ああ」

眠っていると、エリサの声が聞こえた。体は相変わらず馬車に揺られている。

俺はゆっくりと腰を上げ、辺りを見てみる。

「森に一番近い村に到着ですね！」

「意外と早かったな……って、俺寝てたしそうでもないか」

ぐっと伸びをしてみる。心なしか、腰へのダメージはあまりない。恥ずかしがっていたけど、案外膝枕も悪くないな。……とはいえ、俺みたいなオッサンがこんなにも若い子に膝枕されてたら犯罪臭が否めないけど。冷静に考えてヤバいだろ。

「エリサは膝、大丈夫なのか」

「大丈夫だよ！　ほら！」

エリサが立ち上がってみせる。うん。ピクピクと震えてる。やっぱり無理をしてたよな。

というか、何時間も膝枕してたらそりゃ痛める。

「お前……大丈夫か？」

「全然大丈夫だよ！　愛！　愛の力が私たちにはあるから！」

「愛ぃ……」

この子、ひょっとしなくてもヤバいんじゃないのか。こんなオッサンに愛を感じてどうする。

いや、違うか。オッサン気にしすぎた。この子が言っている『愛』は『好』ではなく『友』なんだ。友達にそこまでのことをするか聞かれると……まあ最近の若者のことは分からないという結論に至るのだが。

「わたしも全然大丈夫ですよ！　それこそ丸一日、二十四時間でも構いません！」

「ああ！　それなら私は四十八時間！」

最近の若者はすごいなぁ。オッサンの時代は、そこまでする奴いなかったよ。

「あのぉ……到着ですが……」

御者さんが申し訳なさそうに顔を覗かせてくる。やべ。

「あ、すみません！　お騒がせしました！」

俺は慌てて二人の手を引き、馬車から飛び降りる。これ以上恥ずかしい思いを彼女たちにさせるわけにはいかない。まあ俺も恥ずかしいからって本音はあるんだけど！

「よし、お前ら。ギルドの場所を探そう」

「見つければいいんだね！」

「了解です！」

「おうおう。元気がいいのはいいことだ」

俺が若い頃よりも元気なんじゃないのか？　本当に素晴らしいことだ。

「それっじゃあ開始！」

「行きますよ！」

そして、速攻消える二人。……まあいいや。オッサンは若者に振り回されているうちが幸せなんだろう。誰も構ってくれなくなった時は終わりだし。

「見つけてきた！」

「見つけてきました！」

「本当に早えな」

近くの椅子に座ろうかと悩んでいたところ、二人が全力ダッシュでこちらまでやってきた。

「お！　サンキューな！」

「えへへ！　いいんだよ！」

「当たり前のことですから！」

まったく。とはいえ彼女たちは可愛いものだ。オッサンの俺は癒やされてばかりだよ。

「んじゃ――」

言いかけた瞬間、俺の目に飛び込んできたのは上半身裸のムキムキマッチョだった。

「おおッッッ！　カイルじゃないかッッッ！　私だッッッ！」

見間違えるわけがない。あの筋肉は間違いなくリエトン伯爵だ。相変わらずテカってる。

「ふはははははッッッ！　会いたかったよッッッ！　否、相対したかったと言うべきかねッッッ!?」

俺と目が合うなり、こちらに走ってくる。咄嗟に避けようとするが、相手は筋肉の塊。威力も素早さも桁違いである。

「う……嘘だろ……」

「捕まえたぞッッッ！　筋肉に見惚れて反応が遅れたかッッッ!?」

「うわぁ……」

「救えませんね……」

俺は彼の大胸筋に顔面を埋めた状態で、ピクピクと動くことしかできなかった。クソ……事実、突然の筋肉に動揺していた。普段であれば、こんな勢い任せ――筋肉任せな突撃も避けることができるのに……。

「は、離してくれ……！」

「うおおおおッッッ！　すごい力だなッッッ！　思わず君を解放してしまったッッッ！　さすがは私が認めた友人だッッッ！」

どうにか空いた手でリエトンの腕を無理やり引き離す。俺のステータスが人間を逸脱しているおかげで、どうにか解放してもらうことには成功した。今日に限って言えば、人間を逸脱していてよかったなと思う。多分、普通の人間ならば圧死していた。

大胸筋で圧死していた。あまりにも悲惨な事故である。世界のどこを探しても大胸筋で圧死した人間はレアだったろう。

「ぜぇ……で、リエトン伯爵はどうしてこんなところに？」

息を切らしながら、リエトン伯爵に聞いてみる。すると、彼は少し困った表情を浮かべて答えた。

「この辺りに特殊個体のオーガが現れたと聞いてな。このままでは村人が危ないと思い、私は戦いに来たわけだ」

「リエトン伯爵の場合、ただ手合わせしたいだけのようにも感じるんですけど……」

「それもあるなッッッ！　民を救うことができる上に、己の限界も知れるッッッ！　最高じゃないかッッッ！」

リエトン伯爵は相変わらず上半身裸でポーズを取る。本当にこの人はぶれないな。

「いや、でも今回のオーガは物理耐性持ちって聞きましたが……物理で戦うリエトン伯爵は不利な気が……」

そう言うと、リエトン伯爵は驚愕する。俺の肩を掴み、何度も揺さぶってきた。

「それは本当かッッッ!?　つまり私の攻撃はすべて無効になるとッッッ!?」

「は、はい。多分、そうなるかと」

「な……なんだと……？　私の攻撃が効かない相手だなんて……なんてことだ……」

あからさまに落ち込み、地面にしゃがみ込む。しかし、ここの領主ですら今回のオーガが『特殊個体』であるとしか知らないのか。『物理耐性』を持っているというのを知っていたクソ医者は案外すごいのかもしれない。どうやら、情報を色々と持っているというのは嘘じゃないようだ。

「……分かったッッッ！　ならば私は筋肉の限界に挑戦しようッッッ！」

「……え？」

突然起き上がったかと思うと、俺に腕組みをしてくる。

あまりにも唐突に元気になったものだから、少し動揺してしまう。

「物理耐性を持っているのだろう？　ならば、私の筋肉がその物理耐性を破壊できるのかチャレンジしたいと思ったのだッッッ!!」

「マジッすか……」

「パワフルー！」

「リエトン伯爵さん、すごいですね！」

伯爵の宣言に、女性二人は騒ぎだす。もう、彼が上裸であることには慣れたらしい。

「この様子だと、君もオーガを倒しに来たのだろうッッッ！　場所は私が把握しているッッッ！共に戦場へ行こうではないかッッッ！」

そして大胸筋に埋もれる俺。担がれ、リエトン伯爵が俺を運んでいく。

「ああ!?　また!?」

「それ……速いんですって!!」

二人がどんどん遠ざかっていく。ああ、また大胸筋か。これ本当に暑苦しいんだよなぁ……ミチミチ動くし、なんかテカってるしヌルヌルするし。オイルなんだろうけどさぁ。嫌だなぁ本当。

まあ仕方がない。これに関して言えば、避けようがない。ならば俺は運命を受け入れよう。運命と相対してやろう。

ただし、リエトン伯爵と相対するのだけは嫌だ。

死ぬ。

◇◇◇

「森だぁ……」

「ははははッッッ！　森だなッッッ！」

「めっちゃ森だぁ……」

「素晴らしい森だなッッッ！」

鬱蒼（うっそう）とした森にたどり着く頃には、俺の魂は抜けかけていた。常に暑苦しい筋肉に圧迫されていると、多分どんな人間でもこうなる。確かに一定のニッチな層には需要があるかもしれないけれど……。残念ながら俺はそんなニッチな層じゃない。しばらく運ばれていると、突如リエトン伯爵の動きが止まる。そして、俺を地面に下ろした。

「この辺りだ。さすがの私も、少し静かにする」

「は、はい」

リエトン伯爵が黙るの、なんか新鮮だな。いつもこのくらいのテンションだとありがたいんだけど。

「しっ！」

「うお」

バッとリエトン伯爵が腕で遮ってくる。彼が見ている方向を見ると、オーガの姿があった。

五体、しっかりいる。いるのだが。

「様子がおかしい……」

「そう、ですね」

普通のオーガとは明らかに様子が違った。物理耐性を持っているから、通常種とは様子が違う。そういう単純なものではない。まだ、そちらの方が俺はよかった。

『アアアア……』

なんだあれ。五体のオーガは棍棒を持ち、森の中を静かに歩いている。

歩いているのだが。まるで、意思が感じられない。ただ無心で、何も考えずに歩いているように見える。なんていうか……脳が機能していないみたいだ。

大げさかもしれないが、俺にはそう見えた。そして、リエトン伯爵もそう思ったらしい。

「さながら人形だな。目の焦点が合っていない」

「不気味……ですね」

本当に奇妙だった。額には、何か紋章のようなものが刻まれている。……あのクソ医者。どういう意図でこの依頼を俺に任せたんだ。欲しい素材があるとか言っていたが、今思えば素材の名前なんて聞かされていない。ただ教えられたのは、物理耐性を持っていること。

そして、俺を試すようなことを言っていたこと。

たっく……これは試されてるって考えた方がよさそうだな。クソ医者は何かを知っている。

『アア』

瞬間、焦点が合っていない目が俺たちに向けられる。

「――気づかれたぞッッッ!!」

「やってやる!」

俺たちは陰から飛び出し、オーガの前に立つ。オーガたちはゆらゆらと俺たちのことを様子見しているようだった。本当に気味が悪いな。

「まずは私がやろうッッッ!!」

「――リエトン伯爵!?」

まさかこの状況でリエトン伯爵が動くとは思わなくて、俺は動揺してしまう。

相手が物理耐性を持っているってのは分かっていることだ。なのに、拳(こぶし)だけで挑むのは危険すぎる。しかし、今から俺が援護するのは不可能だ。今魔法を放てば、リエトン伯爵も巻き込んでしまう。

「はッッッ!!」

リエトン伯爵の一撃がオーガに当たる。空気が振動したのが分かった。破裂音が響き渡る。かなり強力な一撃であった。

が、オーガは微動だにしない。じっとリエトン伯爵を見下ろした後、棍棒を振るう。

「むッッッ!!」

咄嗟(とっさ)にリエトン伯爵は防御姿勢を取り、棍棒を腕だけで防ぐ。

そして、バックステップを踏みながら俺の隣に退避してきた。

「ははははッッッ!!　無理かッッッ!!　そうかそうかッッッ!!」

ガハハと笑いながら、リエトン伯爵は腹に手を当てて笑う。

しばらく笑った後、ふうと息をついて俺のことを見てきた。

「これはあまり楽観視できないようだ。カイル、任せた」

「……分かってます」

クソ医者が俺を試そうとしているのは分かった。ならば、俺は全力で応えてやろう。

その後は、クソ医者が持っている情報を聞き出す。俺がやるべきことはこれだ。

「あまり魔法は慣れていないんだけど……」

深呼吸。相手を見据え、手のひらを構える。簡単な魔法でいい。俺のステータスはぶっ壊れている。だから、自分ができる全力をぶつけるだけでいい。

「《ファイア》」

詠唱をすると、火花が手のひらで散る。火花は球となり、集まってくる。

そして次第に大きな塊となり、俺の目の前には巨大な球が生まれていた。

「な……カイル……君は、こんな魔法まで……」

指を弾いた瞬間、巨大な炎の球がオーガへと直進していく。地面を抉り、空気を熱しながら進んでいく。勝負は一瞬だった。たとえ特殊個体であろうと、相手は物理耐性を持っているだけのオーガ。

魔法には弱い。俺が瞬(まばた)きをする頃には、オーガたちの姿は跡形もなかった。

「素材回収は、別にしなくていいか。てか、残ってないしな」

パチパチと焦げる音がする森の中、俺は手を払う。

「リエトン伯爵。ひとまず帰還しましょう」

「わ、分かった」

さて、クソ医者は一体何を知っているんだ。このオーガたちはなんだったんだ。

俺は歩きながら、そんなことを考えていた。

「ところで、カイルは今回のオーガに関して心当たりがあるのか？」

「あ、はい。心当たりがあるというか、知っていそうな人がいまして」

「ふむ。興味深いな」

リエトン伯爵と森の中を歩きながら、俺はそんなことを話していた。

事実、俺は知っていそうな人物を知っている。

「それにしてもッッッ！　君の魔法は見事だったッッッ！」

言いながら、リエトン伯爵が自慢の筋肉に力を込める。ずっと上半身裸のこともあって、ムキムキな筋肉がミチミチと動いているのが分かる。本当にすげえな。筋肉って鍛えたらあんなにも動くんだ。

「あれはただの《ファイア》だったのだろう？」

「まあ……恥ずかしながら、俺はまともな魔法が使えない感じでして」

「ただの《ファイア》であの威力ッッッ！　ふはははッッッ！　つまり魔法も圧倒的な筋肉でどうにかしたってところかッッッ！」

「……？」

そこ、魔法と繋がる？　筋肉と魔法、関係なくね。しかしリエトン伯爵は真剣なのか、心底感心したように頷いている。まあ……筋肉ってことにしておくか。

「私も参考にしなくてはなッッッ！」

「さ、参考になるのなら」

絶対に参考にならないとは思うんだけども。

「ああ！　やっと見つけた！」

「もう、本当に速すぎますって！」

なんてことを話していると、正面から女の子の声が聞こえる。ふとそちらを見てみると、エリサとユイの姿があった。

「その様子だと、もう倒しちゃった？」

「ああ。無事倒したよ」

「さすがカイルさんです！　わたしも見たかった……」

「まあ……色々と問題が見つかったから、喜べるかどうかは分からないけどな。とりあえず、俺たちはクソ医者に聞かないといけないことができた」

「あの人にですか？」

「ああ、確か色々知ってるとか言ってたね。でもそれがどうしたの？」

エリサたちは小首を傾(かし)げて、尋ねてくる。まあ彼女たちはあの場にいなかったから当然か。

「特殊個体のオーガだけど、なんか様子がおかしかったんだ。なんていうか、物理耐性だけじゃなくて、もっと別の何かがある感じだった」

「ふむ……とりあえずお医者さんに聞いてみるってこと？」

「そんなところ」

俺はそう言って、頭を掻く。

「休みなしで悪いけど、一度王都に戻ろう」

振り返り、リエトン伯爵に頭を下げる。

「今日はありがとうございました。すみません、ゆっくりしたかったんですけど……バタバタした感じになっちゃいまして」

「構わないッッッ！　また何か分かれば私にも教えてくれッッッ！　その時にでも、食事をしようッッッ！」

「よろしくお願いします」

ふう、と息をついて俺は踵(きびす)を返す。

「それじゃあ、王都に戻ろう。んで、クソ医者に尋問だ」

俺はぐっと伸びをした後、王都へと歩き出した。

「思い出したわ。完全に忘れてたけど」

オッサンというものは過去にとらわれるものだと思っている。説教、昔話、自慢話エトセトラ。

それはもう過去が大好きな生き物である。もちろん俺も例外ではないと思っている。

逆に客観視できてる自分は、まだマシなオッサンのつもりだ。

「こちらです！」

ああ。本当に俺は自分のことを客観視できている。過去にはとらわれない、それはもう素晴らしい三十代だということが分かった。

「膝枕……するんだったな」

「しますよ！　もう、忘れたんですか？」

「忘れてたから無しにならない？」

「腰が痛くなってもいいんですか？」

「いや、それは嫌だけど、なんかあれじゃん」

「嫌なんですか？」

「あー……嫌ではないけど、嫌ではないけどな」

「わたしが嫌いなんですか？　そういうことですか……悲しいです……」

あからさまに落ち込むユイ。

「おいおい旦那ぁ！　女の子を落ち込ませるのは男としてどうかと思うぜ！」

「……」

御者さんにまで言われてしまう始末。というか、御者さん待たせてるんだよな。

「ぶーぶー！　カイルー！　どうかと思うよ！」

「……」

全員が俺の敵であった。俺がユイに膝枕してもらわないと、俺は責められ続けることになるだろう。……それだけは嫌だ。俺、人目は気にするんだ。どうしても、年齢的に気になってしまう。

これ以上騒ぎを大きくすれば、大衆の面前で強制膝枕になってしまう。

ならば。

「ユイ、膝枕を頼む」

「そうくると思ってましたよ！　どうぞ！」

となれば、俺ができる行動はただ一つ。これ以上騒ぎが大きくなる前に膝枕をしてもらうことだ。

ユイが座っている座席に腰を下ろし、ふうと息をつく。そして、ゆっくりと頭をユイの膝に当てた。

「天井が見える……」

「天井が見えるのは当たり前じゃないですか？」

「あ、ああ。そうだな。天井が見えるのは当たり前だ」

危ない。意識を沈めるために、完全に無心になっていた。思わず言葉にしてしまったが、普通にセクハラである。しかも、危なそうな発言。もしこの言葉の意図が彼女にばれたら俺は殺されるだろう。

「それじゃあ……悪いけど、寝ていいか？」

「いいですよ！　カイルさんの可愛(かわい)い寝顔をわたしは見ていますので、気になさらずにゆっくり眠ってください！」

「……ああ」

身の危険を感じる。彼女の笑顔が怖い。ま、まあ大丈夫だ大丈夫。

俺は再びふうと息をついて、目をつぶった。

なんか……最近二人からの距離感がおかしくなってる気がするなぁ。

◇◇

病院の待合室にて。俺は漫画を読みながら、はぁと息を吐いた。

「やっぱ二人とも距離近くね？」

「全然。ね、ユイ？」

「ですです。これくらい普通ですよ」

「ちょっと動けば、お前らと体当たるんだけど」

「私たちとの心の距離が反映されているんだよ」

「ですです」

「それにしてはめちゃくちゃ距離感おかしいな。俺ってそんなにお前らに懐かれるようなことしたっけ？」

「まあ距離感がおかしい日もあるよ」

「ありますあります」

何を言っているんだお前らは。

「カイルさーん。イチャイチャするのはやめてくださーい。順番ですよー」

「あ、はーい」

俺は看護師さんに会釈して、二人を一瞥する。

「んじゃ、行くか。色々と聞かなきゃだしな」

「そういえば言ってたね！　よく分かんないから、私は隣で聞いてるよ！」

「わたしもそうしまーす」

「絶対お前らにも関わってくるから、話はちゃんと聞いとけよ〜」

そう言いながら、俺は診察室へと入っていった。

「おや。生きていましたか。葬儀の準備でもしようかと考えていたのですが」

「勝手に殺すなクソ医者」

「残念ですね。実に残念です。私、こう見えて自分から葬儀の準備をしたことがないもので、正直ドキドキしていたんですよ」

「お前は何を言っているんだ。ぶっ殺すぞ」

「そんな怖いこと言わないでくださいよ。あ、そうだ。これから死ぬ予定はありますか？」

「ない」

「いやいやあるでしょう。過酷な物語が始まるのですから。あ、葬儀をする上で宗派とか聞いておくべきでしたね。すみません、私としたことが」

「残念ながら俺は都合のいい時だけ神様がいるって信じるタイプの人間だから、宗派とかそんなものは気にしない」

「それじゃあ葬儀は必要ありませんね。適当に地面に埋めますか」

俺はすぅと空気を吸い込み、手をクソ医者に向ける。

「エリサ、ユイ。今から魔法をぶっ放すから避難してくれ」

「ええ!?　落ち着こうよ!?」

「さすがにアウトです!?　ちょっと!?」

二人は慌てながら俺の腕を掴む。クソ医者はスマイルを俺に向けた。こいつ、いつか殴る。

俺は嘆息しながら椅子に座り、クソ医者を睨めつけた。

「怖い顔しないでくださいよ。ただでさえ危うい顔のバランスが崩れそうになっていますよ」

俺は中指を立てた。これに関してはエリサたちも納得いかなかったのか、二人も中指を立てた。

「おっと……これは殺されそうですね。殺される前に、あなたたちの話を聞きましょうか」

クソ医者は資料らしきものをトンと叩(たた)き、笑顔をこちらに向けた。まったく、こいつは何を考えているのか分からん。ともあれ、聞くべきことはある。

「まず一つ。クソ医者さんはどうして俺にオーガの討伐を依頼したんだ？」

「それは、貴重な素材を回収してもらうためですよ」

「俺、貴重な素材がなんなのかなんて聞かされてないんだけど」

「おや。言っていませんでしたっけ？　それでは忘れていたってことで」

「……」

相変わらず、飄々(ひょうひょう)とした態度を取り続けている。

「特殊個体のオーガの様子がおかしかった。いや、まあ特殊個体だから当たり前かもしれないが、そうじゃない。説明が難しいから、かなり省いて言うが、あんたなら分かるだろう」

「ふむ」

俺は隣にあるテーブルに手を置いて、口を開く。

「オーガの額に紋章らしきものがあった。あれはなんだ。あんたはどうして俺に特殊個体のオーガの討伐なんて頼んだ。そもそも、どうしてあんな場所に特殊個体のオーガがいるって知っていたんだ」

俺が聞きたかったことをすべて聞く。あとは、このクソ医者が喋(しゃべ)るかどうか……だが。

どちらにせよ、俺は絶対に口を開かせる。

「まあ、あなたは実際オーガを倒したわけですから、私は約束を守らなければならないわけです。

教えましょうか」

　そう言って、クソ医者はコンコンとテーブルを叩いた。

「まずオーガの紋章について。あれは魔王軍のものです。つまり、あのオーガは魔王軍が支配していた魔物だったというわけですね」

「は……はぁ？　魔王軍が支配していた魔物って……んなことできるのかよ」

　魔物を操るなんて想像できない。いや、一応だができることはできる。実際にテイマーだとかいう職業もあるくらいには、魔物を操る技術も発展している。が、あの周辺には魔族の気配なんて感じられなかった。テイマーは近くにいないと魔物を操れない。

　つまり、矛盾が生じているわけだ。

「できますよ。最近の魔王軍には優秀な方がいらっしゃるようで」

「ちなみにそいつは誰だ。知っているのか？」

「知りません。残念ながら、そこまで現実は甘くありません。私もたまたま聞いた程度です。詳細は分かりません」

　知らない……か。

「そして、もう一つ。どうしてあなたにオーガの討伐を依頼したか」

　クソ医者は両手の指を重ねて、静かに語る。

「簡単です。言ったでしょう？　私は貴重な素材が欲しいと」

「はぁ？　貴重な素材って何だよ」

言っている意味が分からなかった。こいつは一体何が言いたいんだ。

「あなた方が貴重な素材なんです。本当に強敵と戦い抜くことができるのか。それを試させていただきました。まあ、後から魔王軍幹部を倒した……なんて情報が入ってきましたから、必要なかったかもしれませんが。とはいえ、オーガを倒した事実は大きいですから間違いではなかったということで」

「なんだか腹立つ言い方をするな」

「いいじゃないですか。そっちの方が男心をくすぐられるでしょう？」

「俺は残念ながら三十だ。そんな少年の心なんて昔に置いてきちまったよ」

「つまり老いてしまったわけですね」

「まだまだ若い」

「矛盾していますが？」

こいつ……やっぱり殴りてえ。

「そして最後。どうしてオーガのいる場所を知っていたのか」

クソ医者は人差し指を立てて語る。

「簡単なことです。私が探知しました」

「探知？」

「どういうこと？」

「探知……ですか？」

聞くと、クソ医者はにっこりと笑う。

「私が持つスキル、皆さん勘違いされるんですよね。私のスキルは医療系ではなく、索敵スキル【条件探知】です。ま、名前の通り条件面が厄介ですがね」

「【条件探知】って……聞いたことがないスキルなんだけど……」

「ユイ、知ってる？」

「知りません……しかし、誰も知らないということはかなり珍しいもの……ということは分かります」

自分で言うのもなんだが、俺はある程度場数は踏んでいる。そのため、多くの人と出会うことがあった。同時に、多くのスキルも見てきた。とてつもなく有名なスキルから、地味なスキルまで。

しかしながら、【条件探知】なんていうスキルは聞いたことがない。

あの領地を治めるリエトン伯爵ですら知らなかったオーガを探知していたとなると……すごいものだというのが理解できる。

「まあまあ、そこまで驚かないでください。先ほども言いましたが、発動条件がなかなかに厄介なんです。なので、普段は地味なものですよ」

「ちなみに、発動条件って聞いてもいいのか？」

「もちろんです。私は約束しましたからね。あなたたちに情報を提供すると。ならば、私の情報も提供すべきです」

そう言いながら、クソ医者はにっこりと笑う。

「発動条件は『確実な情報』、もしくは『確実な物証』です。それらのどれかが揃えば、敵がどこにいようが、どこへ逃げようが私は対象を常に捕捉することができます」

「なんだそれ……めちゃくちゃ強いじゃないか……」

「確かに強力かもしれません。その条件が揃えば、ではありますが」

「というと、不正確な情報や物証だとスキルは発動しないってこと？」

「そうですね。特に曖昧なものであればあるほど」

医者は再び指を立てて、説明を始める。

「たとえば『棍棒を持っているゴブリン』を探知するとしましょう。これがまず一つの『情報』です。そして、もう一つの情報が『リエトン伯爵領』とします。これを探知しようとするとどうなるか」

「あまりにも条件が曖昧すぎて、誤探知をしてしまうってところか？」

「その通り。棍棒を持っているゴブリンなんて数多くいます。それだけでも探知するのが難しいのに、リエトン伯爵領という大雑把な情報だけだとヒット数が多すぎてスキルは機能しません」

言って、クソ医者は「厄介でしょ？」と肩をすくめる。

「つまり、今回は誰かが確実な情報、もしくは確実な物証をあんたに提示したってことか？」

「そういうことです。匿名冒険者さんが依頼の最中、そのオーガと遭遇したらしいのです。その冒険者さんが優秀でしてね。《念写》魔法でオーガの姿を捉えた上に、詳細な場所まで教えてくれましたから簡単に特定できましたよ」

「んで、俺たちを試すためにそのオーガの討伐を依頼したと」

「ですね。もしかして私が敵か何かかと勘違いしていましたか？　残念、私はあくまで中立ですよ。なんたって医者ですから。怪我(けが)をしている誰かを平等に診る者というのは、中立であるべきですからね」

……確かに俺はこのクソ医者が敵である可能性も考えていた。というか、あの状況下で確実に敵ではないと断言するのは難しかったと思う。それはもう、今更言い訳でしかないと思うんだが。

長年冒険者をやってきたが、俺はまだまだだなと実感する。

「っていうか、あんたって医療スキル持ちじゃないのに医者をやってたのか!?」

ふと冷静になってみると、不自然さに気がつく。大抵、医者ってのは医療スキルを持っているものだ。それも上位の医療スキルを持っている者が医者という職業に就く。もちろん冒険者業に就く物好きもいるが、ほとんどがそうである。

「ええ。珍しいでしょう？」

「珍しいというか……それって大丈夫なの？」

医者になるには、国家からの承認がいる。もちろんそれは個人が持つスキルを鑑みて判断されるから、医療スキルじゃないこの医者を医者たらしめている理由が分からない。

「大丈夫です。努力しました」

「……は？」

「努力したら医者になれました」

「マジ？」

「これが世間で俗に言う天才です」

「……確かに天才だ」

「なんか私よく分からないけど、すごいなぁ」

「いやいや、本当にすごいんですよエリサ！　普通はなれませんから！」

こう言われると、俺がこいつのことをクソ医者と呼ぶのは間違っていたのかもしれない。

クソ医者ではなく、ギリギリクソ医者といったところだろうか。

「ということで、カイルさんは私のことを天才と崇めてください。地面に這いつくばって私の靴を舐めてください。あ、やっぱりあなたに靴を舐められるのは嫌なので、床でも舐めていてください」

「よーし、お前はクソ医者だ。少しでもお前を認めようとした俺が間違っていた」

こいつはどんなに頑張ってもクソ医者から逸脱することはできない。クソなものはクソだ。

「ともあれ、話は戻りますが約束は守りますよ。あなたたちに情報を提供しますし、協力します。期待していますよ、皆さん」

「……とりあえず分かった。ちなみに、その【条件探知】とやらで魔王軍について何か知っていたりするのか？」

俺はため息をつきながらも、クソ医者と握手を交わした。

「いえ。私は自分のことを天才だと自覚しているし、有能だと思ってはいますが、残念ながら万能ではありません」

　クソ医者は足を組んで、首を横に振ってみせる。

「確かに私はすごい医者であって、マル秘情報も持っている有能な医者ではありますが、知らないことは知らないです」

「つまりなんだ、今は特に話せる情報はないってことか？」

「そういうことです。まあ、あれですね。私にばかり期待せずに、君たちも頑張りなさいということです」

「そっかー。でも仕方ないね」

「なんでも知っているわけじゃないですもんね」

「ええ。それに、急がば回れという言葉もあります。短期的な結果を求めるより、長期的な目で見て正解を探してみるのもいいと思いますよ」

　クソ医者が言っていることは確かだ。もっとも、俺たちは特に急いでいるわけではない。

　魔王軍の行動は危険視しなければならないが、人類に対する大きな侵攻は今のところ起こる気配はない。のんびりとまではいかないが、まだまだ俺たちだけで情報を探す余裕はある。

「国王様からも、自由にやってくれって言われているしな」

　俺は椅子から立ち上がって、くるりと踵（きびす）を返す。

「それじゃあ帰るか……って思ったけど、忘れてたことがあったわ」

「おや。なんですか」

「金返せ」

「……お金ですか？　はて、全く心あたりがありませんね」

クソ医者は首を傾げて、指をくるくると回す。心あたりがないと言ってはいるが、こいつは間違いなく理解している。

「王都からリエトン伯爵領への馬車代。往復分返せ」

「ははは。まさか未来の勇者パーティーが一般庶民に些細なお金をたかるんですか？　面白い冗談ですね」

「返せ。医者だから金持ってるだろ」

「はて。カイルさん、医者がお金を持っているなんて迷信を信じているんですか？　そんなんじゃ世間では老害だなんて言われますよ」

「俺は老害じゃない。んで話を変えるな」

「おっと失礼。しかしカイルさん、そんな細かなお金ばかり気にしているだなんて、なんて可哀想なんでしょう。可哀想だからお金でも渡しましょうかね」

「おう。可哀想だから金返せ」

俺がそう言うと、医者は静かにこちらを見据える。

「プライドというものはないんですか……？」

「オッサンにプライドを求めても、生憎と出てくるのは哀愁だ」

「……今回は負けました」

「あまり舐めない方がいい。オッサンは可哀想な存在なんだ」

俺は腕を組んで、クソ医者を見下ろす。世界一悲しいバトルだと、個人的に思った。

「……カイル」

「……カイルさん」

二人が、苦笑しながら俺の方を見てくる。まあいい。彼女たちの表情はすぐに笑顔に変わるだろう。

「まったく、仕方がありませんね。これ、馬車代です」

「はい。しっかり徴収させていただきました」

そう言って、俺はくるりと振り返りエリサの方を見る。

「んじゃ、クソ医者から回収したお金で飯でも行くか！」

「最高だよ！　やっぱカイルは最高だね！」

「ナイスです！　よーし、ご飯食べますよ！」

これが俺たちだ。なんて幸せなのだろうか。

「ともあれ、皆さん頑張ってください。一つの真実を手に入れることができるよう、私はバックアップさせていただきますね」

そう言うクソ医者に手を振った後、俺たちは病院の外へと歩いていった。

◇◇◇

「飯……といっても、高い飯屋とかじゃなくてギルドの酒場なんだけどな」

「なんでぇ!?　もっとあるでしょ！　フォアグラ！　トリュフ！」

「美味しい上に高い料理が食べたいです～！　もう高いだけでもいいです～！」

ユイに関して言えばあれだろ。高いだけで満足する系のあれだろ。

まったく……最初こそユイはまともな女の子だと思っていたんだけど……このメンツ。なかなかにぶっ飛んでいる。まともなのは俺しかいないのか……。俺はクソ医者から人間を逸脱しているって言われているけど。はぁ……まともなのいねえなこのパーティー。

「わがまま言わねえの。さぁギルド着いたぞ」

俺はギルドの扉を開き、久々の空気を鼻から吸い込む。やっぱギルドが一番落ち着くな。

俺の実家感があるわ。

「あら！　カイルさんお久しぶりです！」

「受付嬢さん久しぶりです。まあ、久しぶりってほど来なかったわけじゃないと思うんですけどね」

受付嬢さんは空のジョッキを片手に忙しく働いていたようだ。ここのギルドの受付嬢さんは、事務仕事だけではなく酒場の手伝いもしている。本当に大変な職業だと思う。

「あまりにも顔を出さないんで、皆さんとカイルさんが死んだか死んでいないかギャンブルしていましたよ！」

前言撤回。許せねえわ。はぁ……まあそれもこのギルドの面白いところってことで片づけるか。

「ちなみに、今回はどっちに賭けてたんです？」

「カイルさんが死ぬほうです！　帰ってきたので、私は十万ほどの負けですね！　給料の三分の一くらいが吹っ飛びました！」

「え……？　マジで言ってるの？　それ、マジな感じ？」

「ははは！　どうでしょう……」

そう言いながら、静かに笑う受付嬢さん。え、怖いよ。俺めちゃくちゃ怖いよ。

この人のこと、もう普通の目で見られないかもしれない。

「まあそれは置いておいて！　久々のギルドってことは依頼ですか？」

「いや、今回は食事でもと思いまして」

「いいですね！　えーと、三人座れそうなスペースはあちらにありますので、どうぞ座ってください！」

「ありがとうございます。よし、んじゃ二人とも飯食うか」

「高級料理……」

「お金ぇ……」

俺にはこの二人を救うことはできないかもしれない。

心配だよ、本当に。

「ねえ！　もっと頼んでいい!?」

「足りません！　まだまだ食べられます！」

「とか言いつつも、そういうところはいい性格してるよな」

普通に楽しそうに食事を取っている二人を眺めながら、俺は水を飲んでいた。なんやかんやでギルド内で飯を食うことには納得してくれたらしく、三人仲良く食事をしていた。

高い料理〜とか言いつつも、感覚がおかしくなってはいないようで安心した。

本当に安心できるのかは怪しいけど。

「しかし久々に落ち着いて飯食ったなぁ」

ここ最近はずっと忙しかった記憶がある。

そう、スキルが覚醒してからずっとだ。

あんなスキルが俺の人生を変えるだなんてなぁ。

世の中、不思議なこともあるもんだ。

とりあえず、今日と明日くらいはゆっくりしたい。

「よし。そろそろ適当に解散するか。俺は宿でも取るよ」

◇◇◇

「もしかして、宿って言った？」

わたしが残ったジュースをこくこくと飲んでいると、エリサがカイルの発言に反応して何やらニヤニヤとしていた。なんだろう……何かあてでもあるのでしょうか。

「ね、ユイ！」

「ふみゅ……ごく」

甘いオレンジジュースを飲みながら、小首を傾げる。わたしに共感を求めているみたいだけど、一体何についてなのかはさっぱりだ。

「少し高めの宿……取っちゃおっか！」

「ふみゅ!?」

「待て！　金はどうするんだ!?」

「まあまあ！　経済を回すってことで！」

そう言いながら、エリサは席から立ち上がる。ギルドのカウンターまで走り、宿の確認をしていた。

え、待ってください。ということは……カイルさんと一緒にお泊まりってことになるのかな。それ、めちゃヤバくないですか。すごく興奮しちゃうんですけど。

「ふふふ……カイルさんと一緒のお部屋……」

恥ずかしながら、ニヤニヤが止まりません。

◇◇◇

「……マジで一緒の部屋だとは思わなかったわ」

「まあまあ仲間なんだしいいじゃん！　それに、お風呂も豪華だったし！」

「はぁ……まったく」

ベッドに腰を下ろしたカイルさんが、大きく息を吐く。

にしても、本当にカイルさんと同じ部屋に泊まることになるなんて。わたし、ドキドキしています。男の人と一緒の部屋で泊まるだなんて初めてですし、色々ともう心がいっぱいいっぱいです。

「ですです！」

顔、赤くないでしょうか？　誤魔化すように返事はしてみましたが、やっぱり心配です。

これで顔が真っ赤だったら、恥ずかしくて死んじゃいます。

「あのなぁ……」

カイルさんは困っているようですが、それでも優しい。嫌なものは嫌だとハッキリ言うタイプの方ですから、案外悪くないと思っているのかもしれません。

そんな風に思ってくださっているのなら、少し嬉しいです。心が温まるというか、なんだか仲間っぽくていいなと思う。

「まあいいや。せっかくだからな」

言って、カイルさんはごろんと横になる。ぼうっと天井を眺めているかと思えば、ふと私の方をちらりと見てきた。

「え、えっと」

「……あれ。なんか顔赤くないか？」

「ええ!?　いや、全然赤くないですよ！」

バレてしまいましたか!?　ヤバいです！　本当にまずいです！

わたしは慌ててベッドに顔を埋める。ここで緊張しているのがバレたら、カイルさんに一生いじられます！

「そう……か？　体調悪いなら言えよ」

「全然っ……！　大丈夫です！」

「無理しないでね！　ユイは無理しがちだからなー！」

「もちろんです！」

エリサは全然平気そう。彼女は心が強いですからね。わたしとは違って頑丈にできています。

メンタルの構造が既に違います。

「でも、なんか昔を思い出すな」

「んん？　それって昔いたパーティーのこと？」

「ああ。俺が元いたパーティーも、何か大きな依頼を達成したら高めの宿で楽しんでた気がする。

俺はパーティーのお荷物だったわけだから、あまり良い待遇じゃなかったけれど」

「へぇ〜そんなことがあったんですね」

カイルさんが昔のパーティーにいた頃……となると、わたしとエリサが出会った頃くらいでしょうか。懐かしいです。昔、エリサとは夢を語り合ったものです。『誰かの心に残りたい』だなんて、曖昧なものでしたが。

「まあ、今の方がいいけどな」

「うん！　当たり前だよ！」

「……ですです！」

カイルさんの反応が嬉しくて、少し口角が緩む。

やっぱりこういう細かなところでカイルさんは人の良さを見せてくれる。わたしはそんなところが好きです。

最初こそ打算的な目的で仲間になりましたが、今は少し違う気持ちな気がする。

「って待てよ。俺たちってまだBランクパーティーだよな？」

「んん？　確かにそうだよ」

「そうですが、何かありましたか？」

カイルさんが何かを思い出したかのように、顔を上げる。

「俺たちは仮にもSランクの依頼を達成したわけだ。これ……もしかしなくても、ギルドに交渉すればAランクとかには上がるんじゃねえか？」

Aランクには上がるかも……それって！

「「確かに！」」

と声が重なった。普通にありえます。なんたってわたしたちのランクより格上の依頼をクリアしたのです。カイルさんから言い始めたことで、カイルさんが受注したものではありますが、結果は出ていますし。

「試しに言ってみるか」

「うん！　言うだけ言ってみようよ！」

「勇者の称号も手に入れて……Sランクにもなれたら、わたしたち最強じゃないですか！　言ってみましょうよ！」

「なかなか強欲だな。だが面白い。オッサンはそういう欲望全開な青少年は大好きだ」

カイルさんは立ち上がって、ぐっと拳(こぶし)を握る。そして、天井に向かって突き上げた。

「それじゃあ明日、早速ギルドに行くか！」

「うん！」

「行きましょう！」

わたしも倣うように拳を掲げた。

「あぁ～!!　Aランクへの昇格をお伝えするの、忘れてました！　いや～ギャンブルに夢中になるのもほどほどにしないとですね！」

「……受付嬢さんよぉ。まあいいよ。よかったな二人とも。俺たち、Aランクパーティーだぞ」

翌朝ギルドに行き、受付嬢さんに事情を聞いてみると、書面ではAランクになってはいたらしい。

だが、普通に受付嬢さんが俺たちに伝えるのを忘れていたようだ。ここは多少なり文句が出てきてもおかしくはないが、別に俺は咎めたりはしない。そんな厄介なオッサンにならないよう、俺は気をつけて生きてきた。

「やったー！　私たちAランクだって！　夢のようだね！」

「本当です！　まさかここまで来られるとは……カイルさんのおかげですね！」

「ふふん。まあ確かに俺のおかげかもな」

そう言いながら、俺は二人の肩を叩く。

「これからもっとやらなきゃいけないことが出てくる。んで、責任ももっとのしかかってくる。覚悟はいいな？」

「もちろん！」

「当たり前です！」

「よし。素晴らしい」

俺は鼻を鳴らし、ふうと息をつく。国王様からも医者からも、今のところは新しい情報はなし。ということは、俺たちだけで色々と調べなくちゃいけないってことだ。適当に依頼をこなしながら情報でも探るか。無駄なことかもしれないけれど、動かないよりかは幾分かマシだ。

「よし。それじゃあ――」

俺が二人にこれからのことを話そうとした瞬間のことだった。ギルドの奥が急に騒がしくなる。職員たちが仕事をしている場所からだ。受付嬢さんも慌ただしい様子の職員に呼ばれ、奥へと消えていく。

「なんだ？」

「急に騒がしくなったね？」

「何かあったんでしょうか……？」

俺たちは疑問を抱きながら、カウンターの奥を覗き込む。聞き耳を立ててみるが、あまりの喧噪で聞き取れない。

「カイルさん！」

だが、急ぎ足でこちらに戻ってきた受付嬢さんがすべてを話してくれた。

「アルド男爵領に属するリリット村にて、魔族の攻撃により死者が多数出たようです！　今ギルドに待機している冒険者で一番頼れるのはあなたたちしかいません！　頼めますか!?」

アルド男爵領といえば……かなりの辺境だ。そんな場所にどうして魔族が？　そこへ侵攻するメリットというものがあるとも思えない。

しかし死者が出ているだなんて、本当に最悪な事態である。今すぐに対処しなければならない。

「分かりました。すぐ向かいます」

◇◇◇

アルド男爵領。その領地は国家の端に位置している。つまりはかなりの辺境なのだ。

「どうしてそんな場所で魔族の被害が……」

人間と人間の争いにおいては、辺境からじわじわと攻めていく戦法はよくあることだ。しかしながら、魔族は違う。彼らは短期的な戦果を望み、最も人間が苦しむ方法で行動する。先日王都のギルドに魔族が現れたように、人が多くいる場所に好んで攻め入ることが多い。

だが今回は違う。

「カイル……また、死者が出たんだね」

エリサが馬車に揺られながら、ぼそりと呟いた。ユイもどこか悲しげな表情を浮かべている。

「ああ。死者が出てしまった。どうやら人類と魔族は、あまり良い方向には進んでいないらしい」

長年生きていると、魔族だっていい加減人間と仲良くしたらいいのになとも思ってしまう。

こんな無駄な争いごとをしたって、何も生まないのに。けれど、彼らは人間を殺す。前だってそうだ。人間が死んでいた。そして今回も人間が死んだ。

その時点でもう、俺たちはリリット村に潜む魔族とは仲良くなることはないのだろう。

人間と魔族は、きっと分かり合えない。

「最近になって、『死』って言葉が近くなったような気がする」

「そうですね……前までは少し遠い存在だったものが、今では隣にいるような感覚です」

彼女たちはぼそりぼそりと言葉を吐く。それもそうか。彼女たちはまだまだ新米だ。

俺は背もたれに体重を預けながら、ふうと息をつく。

「それが責任ってやつだ。冒険者は夢もあるが、同時に残酷なもんまで見えちまう。ランクが上がる、地位が上がるってのは、そこまで良いもんじゃない」

でも。

「お前らは覚悟、できてるだろ？　それとも、俺が勘違いしていただけか？」

尋ねると、二人は顔を上げて何度も頷いた。

「できてるよ……！　ただ、私たちは高みを目指したいわけじゃないから！」

「そうです！　わたしたちは……誰かの心に残りたい……！」

はぁぁぁぁぁぁ。

やっぱり若いっていいねぇ。俺なんて、そんな言葉言えないよ。昔は言えたかもしれないけど、三十にもなったオッサンには少しばかりキツすぎる。でもよ、俺は二人のその言葉が聞けて嬉しい。

すごく満足している。

歳、取っちまったからかな。

それなら少し悲しいな。

でも、悪くない。

「いい返事だ。オッサンは嬉しいよ」

馬車はガタンガタンと揺れる。そろそろ、アルド男爵領に入る頃合いだろう。俺は小窓から顔を出し、外の様子を確認する。かなり空が曇ってきているな。雨……いや、雷までありえそうだ。

「御者さん。リリット村まで、あとどれくらいで到着しそうですか？」

「そうだな……あと四時間くらいか。じゃが、ギルドからの指示で近くで降ろすことしかできない」

「大丈夫ですよ。そりゃ、危ないですから」

そう言いながら、俺は席に座り直す。あと四時間か。まだまだかかるな。

◇◇◇

雨が降り出してきた。雷は伴っていないが、風が強くなってきている。傘なんてあるわけないから、俺たちは濡れる体を拭いながら進んでいた。

「これは……酷いな」

「すごい雨だね……」

「こればかりは仕方ないですね……」

俺たちは無事、リリット村付近の森まで到着した。

「リリット村に向かうか」

「うん！　ええと、どっちだっけ」

「こっちです！　この森を抜けた先に、リリット村があるはずです！」

ユイは指を差しながら、森の奥へと走っていく。俺も彼女の背中を追いかけようとしたが、その瞬間に嫌な気配がした。咄嗟にユイの肩を掴み、近くの木の陰に移動する。

エリサも反応して、俺の隣にある木の陰に隠れた。

「ど、どうしましたか……？」

「なにかあった？」

俺は息を殺し、こっそりと木陰から顔を出す。……魔物だ。ただ、そこまで強くはない。

馬が魔物化したものだろう。魔物化した生物は特に珍しいものではなく、よくあることだ。そして、基本的に生物から魔物へと変化したものは名前を持たない。魔物としての名前を持たないものは、基本的に下級に属する。けれど、目の前にいる魔物はただの無名ではなさそうだ。

「またかよ……」

前回のオーガと同じだ。あの意識があるようでない不可思議な様子。意思を持つようには思えず、さながら人形のようにさまよっているあの動き。

額には、紋章が刻まれている——魔王軍に操られている魔物で間違いない。

「な、なにあれ……」

「あんな魔物……初めて見ました……」

そうか、エリサとユイは初めてだったな。多分、かなり不気味だろう。俺だって二回目だけど、いまだに慣れない。あの気味の悪さ。生物とは思えない動き。少しでも油断すれば、鳥肌が立ってしまいそうだ。

「こんなのが村付近にいるとか、やべえだろ」

冷静に考えてそうだ。魔王軍に支配されている魔物が、普通に村の近くでうろついているなんて想像するだけで恐ろしい。あまりにも危険すぎる。ともあれ……一度こいつを倒すことに集中するべきだ。

しかし。

こいつも前回のオーガと一緒で、何か特殊なもん持ってんじゃないだろうな？

「試してみるか」

俺は拳をぐっと握り、エリサとユイを見る。

「俺が攻撃を仕掛ける。相手は多分、何か特殊なもんを持っている可能性がある。十分注意して、攻撃の準備をしてくれ」

「分かった」

「了解です」

俺は二人に確認を取った後、一体の魔物を見据えた。

「一発ぶん殴ってやる……！」

俺は目標を定め、ユイの肩を叩く。彼女はこくりと頷くと、ユイは弓矢を出現させる。同時に、エリサも杖を生み出した。二人の動きを確認した後、俺は木陰から飛び出す。瞬間、こちらに気がついたのか魔物が俺の方を向く。相変わらず目の焦点は合っていないが、間違いなく俺を敵と認識しているだろう。

「環境的に、思い切り殴ったらまずいよな！」

近くには村があるだろうし、本気で殴ってしまうと魔物が村まで吹き飛んでいってしまう可能性がある。それだけでも魔物が家屋を破壊しながら飛んでいく上に、万が一物理耐性を持っていてみろ。魔物はノーダメージで、村へと解き放たれることになる。間違いなくバッドエンドだ。

だから——相手は絶対に吹き飛ばさない。

飛んでいくタイプのパンチではなく、内部へとダメージを与えるタイプのパンチ。

「喰らいやがれ!!」

俺は拳を構え、そして魔物へとぶつける。直撃した瞬間、轟音が周囲に響いた。魔物の体は大きく揺れ動き、ふらりとよろめく。確かに、内部を破壊した手応えがあった。

間違いなく内臓類はただじゃすまないだろう。

『…………』

「のわりにはけろっとしてんなぁ……お前よぉ？」

俺はいまだ健在な魔物を見据え、苦笑してみせる。

「エリサ！　ユイ！　こいつは少なくとも物理耐性を持っている！　ここは一度お前らに任せる！」

「分かった！」

「任せてください！」

俺がやってもよかったが、彼女たちに経験をさせないままでいさせるのも危険だ。ここは二人に任せるべきである。俺はバックステップを踏みながら一定の距離を取り、攻撃の邪魔にならないであろうところまで下がった。

だが——。

「どうした二人とも！　攻撃はまだか!?」

いくら待っても、攻撃が始まらない。俺は若干の焦りを抱きつつ、魔物を観察する。

「……なんだ。あいつ」

向こうも向こうで攻撃を喰らったのだから、多少なりともこちらに仕掛けてきてもおかしくない。なのに、相手も全くと言っていいほど攻撃をしようとしないのだ。

ただ、じっと一つの方向を見ている。

「いや……!?」

じっと見ているのはエリサたちの方だ。俺は慌てて二人の方を見てみる。

「な、なんで……」

「おかしい……です……」

二人は武器を構えたまま、固まっていた。まるで金縛りにでも遭ったかのようだ。

「動けないのか!?」

叫ぶと、二人はゆっくりと頷く。動けない……か。

「これ……やべえな」

特殊個体ではあるが、俺の想像していた個体とは違うと考えていいだろう。俺が想像していた個体は『物理耐性』だったり『魔法耐性』だったり、何かの『耐性』を持っている個体だった。

しかし、この常識だと思っていたものは間違いだったらしい。

「『特殊能力』……ってパターンもあるのかよ」

相手は間違いなく、通常個体が持っていない『特殊』な能力を持っている。

想像するに、相手の動きを封じる系のデバフ、あるいは魔法か。『物理耐性』持ちな上に『特殊能力』持ちか。魔王軍さんの技術力はやべえな。これは明らかに人類の脅威だ。

「……どうして俺の時にはこいつ、能力を発動しなかったんだ」

違和感が残る。だが、今は考える暇なんてない。この能力がどういうものか分からない今、彼女たちに効果を発揮させたまま放置するのは危険だ。俺は手のひらを相手に向け、詠唱をする。

「《ファイア》ッッ！」

光が集まり、収束していく。そして、大きな塊となって魔物に向かって放たれた。

「当たった！」

俺が放った攻撃は間違いなく当たった。当たったのだが。

「無傷かよ……」

相手は普通に佇(たたず)んでいた。今もなお、エリサたちの方をじっと見ている。これ、ヤバい。

下手をしたら、ここで永遠に足止めを喰らうかもしれない。考えるんだ。一体あの魔物は何が弱点なんだ。

「俺には無反応で、エリサとユイにだけ能力を発動している……か」

多分、能力が発動する条件は特定の相手を目で見据えることだ。そして、今こいつは必死でエリサたちを防いでいる。

「試してみるか」

俺は速攻地面を蹴り飛ばし、魔物へと近づく。さすがに近づいたからだろう、一瞬魔物が俺の方を見た。が、すぐにまたエリサたちの方を見る。こっちは問題ないって判断なんだろうが。

「俺は人間を逸脱しているんだぜ……あまり舐めない方がいい！」

咄嗟に魔物の顔面へと飛び込む。馬型の魔物なので、俺は頭を覆うようにして視線を封じた。

途端に、魔物が俺に向かって攻撃を仕掛けてくる。何度も魔法系の攻撃を俺に放ってきた。

だがな……俺の防御力は化け物級なんだ！

「う、動ける！」

「はぁっ！　やっと解放されました！」

こいつは魔法系の攻撃には耐性を持っている。つまり残る選択肢は一つのみ。

貫通攻撃である。

「ユイ！　最大の火力で矢を放て！」

「で、ですが！　今のままだとカイルさんに当たってしまうかもしれません！」

「気にすんな！　俺は多分これくらいじゃ死なない！　遠慮せず撃ち込んでこい！」

矢を喰らったところで、どうにでもなるはずだ！

「放て！　ユイ！」

「わ、分かりました!!　当たってください!!」

ヒュン、と空気を切り裂く音が聞こえる。

「あぶっ……」

俺の首元を矢が通過し、魔物へと当たった。その刹那(せつな)、魔物はがくんと脱力して倒れ込む。

「当たりだったか」

どうやら俺の読みは当たっていたらしい。貫通弱点の魔物だったようだ。そりゃ、ユイたちを一番に警戒するわけだ。俺は汗を拭いながら倒れた魔物へと近づく。

「ちょっと調査でもしてみるか」

何か見つかれば、クソ医者のところにでも持っていくと何かが分かるかもしれない。そんなことを考えながら、魔物に触れる。

瞬間。

「は……？」

魔物がさながら氷が溶けたようになり、地面に染み込んでいった。嘘(うそ)だろ……？

こんな現象見たことがない。

「魔物が消えましたよ!?」

「そ、そんなことある!?」

どういうことだ。こんなこと、ありえるのか？

しかしただ一つ言えることは、特殊個体である魔物は死亡後に消えてしまう可能性があるということ。

もしかすると、以前倒したオーガだって俺の魔法で消し炭になったのではなく『消えた』が正しいのかもしれない。思考を巡らせていると、ユイが顔を覗き込んでくる。

「どうしますか？」

「一度村へ向かおう」

色々と思うところはあるが、ただ分かることは魔族側は俺たちに情報を握らせまいとしていること。今はそれ以上のことは考えたところで無駄だ。

「分かりました。こっちです！」

「エリサ。一応いつでも魔法を発動できる準備を。ユイもな」

「了解！」

「もちろんです！」

◇◇◇

「そろそろだと思いま……ありました」

「あったか……って、なんだこれ……」

「へ、へへへ……こんなの、初めて見たよ」

目の前には村の大きなシンボル的なものがあった。時計台……だろうか。今はもう時を刻むことなく、ただ静かに立っているだけだ。ふと、ユイが持っている地図に書かれている文字が見えた。

『時計台が時を刻む村、リリット』……か。少し皮肉なものだ。

村はそこまで大きくはないが、比較的栄えていたのだろう。店舗の跡地や農作物を育てていたのであろう畑が見える。しかしながら、畑は燃やされ灰となり、今となっては食料の確保すらもままならないように見える。

「酷いな……これは……」

家屋もボロボロである。全壊ではないが、この様子だと家を失った人間も多いだろう。ぱっと見だけでも、地面に薄い布を敷いて寝転がっている人間もいる。

「ど、どうしたらいいんだろう！　ねえ、どうしたらいいんだろう！」

「わ、わたしたちはどうすれば!?」

「とりあえず村長宅を目指そう。まずは一度状況を確認しなければならない」

俺はそう言って、村の中へと入る。村人たちは俺たちを見るなり、一瞬体を震わせるが、人間と分かってか安堵していた。状況は、かなり深刻だ。村と言うには、もう難しいところまできているかもしれない。しばらく歩いていると、村の中で一際大きな家を見つけた。多分、ここが村長宅だろう。

「ギルドから派遣された者です！　この村の代表の方はいらっしゃいますか！」

ノックし、しばらく待っていると家の中から足音が聞こえてきた。どうやら誰かはいるらしい。

軋む音とともに、扉が開かれる。

「誰……ですか」

「お、女の子？　ええと、俺たちはギルドから派遣されてきた『英雄の証』というパーティー。俺はカイル」

「私はエリサ！」

「ユイです！」

「……イリエです」

静寂。困ったな。あまり幼い少女と話すのは、得意じゃないんだけど。とはいえ、見た感じエリサたちより少し下くらいだろうか。少し長めの黒髪で目が隠れていて、どこか掴めないところがある。

「村長のことですか？」

「あ、うん。村長を探しててね」

彼女、村長さんのことを知っていそうだ。それなら話が早い。彼女に村長さんを呼んできてもらおう。

「村長さんはどこかな？　お話がしたいんだけどね」

そう言うと、少女は拳を握る。

「……行方不明です。どこにいるのかは、私にも分かりません」

「行方不明って……踏み込んだことを聞いちゃうけど、どうして？」

「魔族が襲撃してきた時に色々とあったんです。今は私が村長の代わりをしています。娘……ですから当然のことです」

「……なるほど」

この感じだと、詳細なことは聞けなさそうだな。彼女も彼女で、何か隠しているわけではないだろうがこれ以上聞くのは限界があるだろう。ともあれ、実の娘なのだから信頼していいだろう。今は村長の娘である彼女が村の代表だ。

しかし……実の父親が行方不明だなんて彼女も胸が苦しくて仕方がないだろうに。

「こんな幼い子が任されるなんて、君は信用されているんだね」

「幼いって言いましたか？　今、私のことを子供扱いしました？」

そう言うと、イリエさんがぐっと顔を寄せてくる。あ……さすがにまずかったか。

「ごめんごめん。なんでもないよ。ええと、俺たちは魔族を討伐するためにここまで来たんだ。色々と村内を行動すると思うけど、大丈夫かな？」

「構いません。自由にしてください。……皆さん、かなり濡れていますね」

「あ、ああ。酷い雨だからね。かなり濡れちゃったよ」

俺が頭を掻きながら言うと、イリエさんは部屋の奥を一瞥した。

「暖炉がありますので、少し体を温めてください。雨が止むかは知りませんが」

「ありがとう……そうだな」

ちらりとエリサたちを見る。決して顔には出さないようにしているようだが、かなり疲れが溜まっているようにも見える。少し休憩を取った方がいいだろうな。

「お言葉に甘えることにするよ。ありがとう」

「いえ。こちらです」

イリエさんに案内されるがまま、部屋の中を歩く。様々な狩猟用の銃が置かれている。

ここの村長は狩りとかが趣味なのだろうか。

「こちらにお掛けになってお待ちください。お茶を持ってきます」

「あ、ありがとう」

「ふぇぇ……暖かい……」

「暖かいですねぇ」

薪がメラメラと燃えている。二人はそれを幸せそうに眺めていた。

「……しかし礼儀のいい少女だな。村長に代わりを任されるだけある」

俺は半ば感心しながら、ちらりと二人を見る。

「エリサたちより、よっぽどしっかりしているかもな」

「なんだって!?」

「失礼ですよ！」

「冗談だよ冗談」

俺は笑いながら、ふうと息をついた。どうしたものか。多分、というか間違いなく俺が想像していた以上にリリット村の被害は甚大だ。下手をすれば壊滅……の可能性もありえただろう。

今回の襲撃では運良く耐えることができたが、二回目の襲撃があれば分からない。今度こそ村が全滅という未来もある。楽観視できる状況ではない。

「可能なら直接叩きたいな……」

戦闘する上では、やはり村内で戦うってのはあまりにも危険すぎる。迎え撃つために全員を避難させるなんて、かなり無理のあることだ。それに、相手は魔族だ。何をしてくるか分からないから、そもそも村で戦うのは論外とも言える。だからこそ……相手の居場所を探りたい。

「魔族の居場所を探しているんですか」

俺が悩んでいると、イリエさんがカップを持って話しかけてきた。目の前にお茶を置き、椅子に腰を下ろす。どうやら紅茶のようだ。良い香りが鼻孔をくすぐり、少しばかり力が抜けた。

「可能なら魔族を直接叩きたいと思ってね。でも……まあ難しいことだと思う」

「そうですね。私もさすがに、魔族の居場所なんて知りません」

イリエさんは静かに語る。

「魔族の襲撃自体が意味の分からない突然なことでしたから。魔族の居場所なんて分かるわけがありません」

だよなぁ、と俺はため息を漏らす。魔族の居場所の特定だなんて、現実的ではない。俺はお茶を一口飲み、背もたれに体重を預けた。

「こんな時にお医者さんがいたら助かるのにねぇ〜」

「そうだな。あのクソ医者がいればワンチャン――って待て。そうだ。あのクソ医者がいれば『特定は不可能』から、『可能性はある』まで持っていける！」

バンと机を叩きながら立ち上がり、イリエさんを見据える。

「この村がヤバいってことになった時、王都のギルドに連絡したよね？　それってどうやって連絡したか分かる？　人？　それとも魔導具？」

遠距離から特定の場所まで連絡する手段は二つある。一つは人間が直接伝えるパターン。

もう一つは魔導具の力を駆使して、連絡するパターンである。

「……多分、魔導具だと思います。一応、あります。こちらに」

イリエさんは立ち上がり、廊下を歩いていく。よし。魔導具ならクソ医者とも連絡が取れるはずだ。俺は彼女の背中を追いかける……のだが、若干の違和感を覚えた。この違和感の正体がなんなのかは分からない。ただもやもやとするというだけである。

「これです」

「おお！　通話型の魔導具じゃないか！　いいもの持っているね！」

「村長が物好きでしたから」

「へぇ！　それじゃあ早速使わせてもらうよ！」

俺はギルド――ではなく、クソ医者へと連絡することにする。このタイプの魔導具は連絡したい相手を想像することによって、相手へと直接繋(つな)ぐことができるのだ。

俺はクソ医者を想像しながら、魔導具に触れる。

すると、クソ医者が目の前に映し出される。

『おお。カイルさんですか。珍しい魔導具を使っていますね』

「突然連絡してすまん。ちょっと頼みたいことがあってさ」

『カイルさんって謝ることができたんですね。尊敬しますよ』

「くたばれ。で、早速だけどクソ医者のユニークスキルの力を借りたい」

『ふむ。確かカイルさん、今リリット村にいらっしゃるんですよね。噂(うわさ)で聞きましたよ。魔族退治だとか』

「ああ。そこで魔族の居場所を特定したいんだ。クソ医者、頼めるか？」

『……ふむ。いいでしょう。よく見てみると……ふむふむ。面白い話が聞けそうですので、ぜひお手伝いさせていただきましょう』

「ありがとう。で、今俺とクソ医者はどうしようもないほど離れている。その上で【条件探知】を発動するには――」

『確実な情報です。それを提供いただければ、特定はできるかと思いますよ』

「分かった。ちょっと確認したかったんだ。また連絡すると思うから、すぐ反応できる状態にしておいてくれ」

『はいはい。構いませんよ。しかしあなたは――面倒なことによく巻き込まれますね』

クソ医者は、なんだか興味深げな感じで聞いてくる。俺が面倒なことに巻き込まれやすい？

また……確かに昔からそういうのには巻き込まれやすい体質だけど、なんで今更。

「今はそんな話をする余裕はない。また帰ったらにしてくれ」

『分かりましたよ。それでは、ご連絡お待ちしております』

「よろしく」

そう言って、魔導具に触れると映し出されていたクソ医者の顔面が消えた。

「もしかしたら、この問題は案外早く解決するかもしれない。イリエさん、ちょっと村人たちに聞き込みをしよう」

ここまでくると、確実な情報を集めるだけでいい。俺は魔族の特定にそこまで時間がかかるものではなかったことに安堵しながら、イリエさんに提案する。

「……私は待ってます」

「え、でも」

「私の役目は村長の帰りを待つことです。カイルさんのことを信用していますので、お任せします」

「そうか。分かった。それじゃあ任せてくれ」

俺はそう言いながらイリエさんの肩を軽く叩こうとしたが、さっと避けられてしまった。

「おっと」

その勢いのままバランスを崩してしまい、俺は転びそうになる。

「大丈夫ですか？」

「大丈夫大丈夫。ちょっとバランス崩しただけだよ」

避けられちゃった……。オッサンに叩かれるのは嫌だよな。顔が熱くなるのを堪えながら、俺はエリサたちの方へと歩く。泣きそう。

「二人とも！　とりあえず村人たちに聞き込みだ！　なんでもいいから情報を集めるぞ！」

「やったろう！」

「任せてください！」

エリサたちに伝え、俺たちは家の玄関へと向かう。ちらりと後ろを一瞥すると、イリエさんの姿があった。俺はグッドサインを送ると、彼女はこくりと頷く。

「雨だ……」

「相変わらず酷い雨ですねぇ……」

「本当にな。まったく……」

俺は村を見渡す。村人たちは建物が壊れているせいで、雨宿りもままならない様子だ。どうにか無事な家に集まり、一緒に嵐が去るのを待っている状況である。

「とりあえず聞き込みだ。……まあ、相手してくれるかって問題があるけど」

俺は頭を掻きながら、村内を歩く。壊れていない一軒の家の前に止まり、扉を叩いた。

「すみません！　王都のギルドから派遣されたカイルという者です！　少しお話を伺ってもよろしいでしょうか？」

しばらく待っていると、扉の隙間から顔を覗かせる女性の姿が見えた。一つ会釈をすると、女性は静かに扉を開く。

「ギルドの方ですか……どうぞ。外は酷い雨ですから」

「あ、すみません。ありがとうございます。二人とも、お邪魔させていただこう」

「うん！」

「はい！」

中に入ると、そこには多くの村人たちの姿があった。家を失った人たちはここで雨宿りをしているのだろう。椅子まで案内され、俺たちは腰を下ろした。

「こんな辺境まで助けに来てくださり、本当にありがとうございます」

「いえ。当然のことですから」

正面に座る女性に頭を下げ、微笑を浮かべる。これくらいどうってことはない。本当に当然のことだ。

「それでなのですが、俺たちはここを襲撃した魔族の情報を探していまして。なんでもいいのですが、何か知っていることはありませんか？」

「魔族……ですか」

女性は俯いて、少し考えるようなそぶりを見せる。正直、トラウマを掘り返すようなものだから聞くものではないと自覚している。しかし今は仕方がない。聞かなければ何も始まらない。協力いただくしかないだろう。

「消えました」

「え？」

女性が放った一言に、俺は小首を傾げてしまう。魔族が、消えた？

「ええと、それはそのままの意味で？」

「すみません……私もショックであまり記憶が……。ただ、魔族が消えたのは覚えています」

「転移魔法を使った可能性が考えられるな……」

俺はトントンと指を机に当てながら考える。転移魔法を使ったと考えるならば、魔力の痕跡がどこかにあるはずだ。痕跡を調査すれば、どこへ向かったかを特定できるかもしれない。

「どの辺りで消えたかとかは覚えていますか？」

「……すみません」

「分かりました。情報、ありがとうございます」

俺は会釈し、ふうと息をつく。これまた面倒な魔族を相手にしてしまったかもしれない。

「そういえば、カイルさんは村長さんの家に向かっていましたよね？」

「あ、はい。挨拶に伺おうかと思いまして」

「やっぱり。しかし……村長さんが行方不明だなんて……」

「話は聞いています。任せてください、村長さんは俺たちが見つけますよ」

「ありがとうございます。彼は娘さん思いな良い方なんです。彼女のためにも、私からもお願いいたします」

「もちろんです」

娘さん思いな方だったのか。それなら、もっと頑張らないとな。

「娘さん、かなり頑張っていますからね！　彼女のためにも頑張ります！」

俺がそう言ってみせると、女性は微笑を浮かべてこくりと頷く。

「とりあえず、俺たちは他の方にも伺ってみます。ありがとうございました」

「いえいえ。何卒(なにとぞ)、魔族を倒してください」

頭を下げた後、俺は家の外へと出た。相変わらず大雨である。

「魔族が消えたとはねぇ。痕跡を探すために、せめてどこで消えたかを特定しないとな」

俺ははぁと息を吐きながら、濡れた衣服をパタパタとさせる。

「どうにかして、村長さんを見つけねえとな。ただ、あまりにも情報がなさすぎるってのが問題なんだけど」

「聞き込みするしかないねぇ。でもよかった。みんな、私たちのことを受け入れてくれて」

エリサはどこか安心した様子で呟いた。

「こんな状況下だったら、普通はそんな余裕なんてないよ」

「確かにな。それもこれも、すべて村長さんの力が大きいんだろう」

村長の能力があったからこそ、村人たちが信頼しているわけだと思うし。

「んじゃ、聞き込み続けるぞ。このまま雨に打たれっぱなしもキツいしな」

「そうだね」

「引き続き頑張りましょう！」

二人がこくりと頷いたのを確認した後、俺は村の中を闊歩する。

「君！」

「ん？」

突如知らない声が聞こえてきた。俺たち以外の人を呼んでいるのかなとも思ったが、周囲には誰もいない。

「君だよ！　王都のギルドから派遣された人たちだろう？　こっちだ！」

「え、ええ？」

青髪の青年が家の窓から顔を出して、こちらに手を振ってきていた。困惑してしまう。しかし彼は俺が王都から派遣された人ってことを知っているようだ。話を聞いてみて損はないだろう。

「こっちだよ！　遠慮せず家の中に入ってくれ！」

青年はいそいそと俺たちを中まで案内する。

「いやはや！　よく来てくれたよ！　最悪な状況だろう！　ははは！」

「ははは……」

家に上げてもらったはいいものの、この青年は一体何者なのだろうか。やけに元気がいい。

というか、無駄にテンションが高い。こんな状況じゃあ、普通はテンションなんて下がるばかりだろうに。俺が半ば胡散臭い者を見る目で眺めていると、青年は肩を叩いてくる。

「君がカイルくんだね！　僕はアルマ！　この村の愉快な案内役さ！」

ニコッと満面の笑みを向けてくる。それはもう百点満点の笑顔だ。

「……胡散臭いね」

「詐欺の臭いがします」

しかし俺たちの感想というのはこんなところで、なんていうか怪しい。案内役ってのもよく分からないし。……思い出すのは過去の出来事。昔、よく知らない知人に急に呼び出されたかと思えば、変な勧誘だったなぁ。あいつもこんな感じのテンションで話しかけてきたっけ。

誰でも金持ちになれるっつってたのに、あいつは安い喫茶店に呼び出した上に割り勘だったなぁ。

「君たち！　まさか僕を胡散臭い案内役だと思っていないかい？」

「「思ってます」」

「ふふふ！　確かに胡散臭いかもしれないけど、ここは信じてほしいな！　僕は決して一切儲(もう)からない商材を紹介したり、資産運用の方法を伝授したりはしない！　あくまで、この村の案内役だからだ！」

そう言いながら、青年はウィンクをしてみせる。

「質問がある人は手を挙げてくれ！」

というわけなので、俺は手を挙げることにした。ここは一番先輩である俺が先陣を切るべきだ。

「……そもそも案内役ってなんですか？」

「いい質問だねカイルくん！　ただ年齢を重ねただけじゃないらしい！」

なんだこいつ。一度しばいてもいいかもしれない。

俺は今更覚醒した【晩成】の能力を遠慮せず発揮しそうになるところを、どうにか堪える。

「僕は観光客に村のことについて解説しながら案内する商売をしている！　つまりツアーガイドといったところだろうか！」

「あーなるほど。大体理解した」

「敬語じゃなくなったね！　しかしそれが正解だよ！　僕に敬語を使う必要はない！　僕は自分より年齢が高い人間はしっかり敬うようにしているからね！」

「……色々と言いたいことはあるが、まあいいや。それで、俺たちは――」

「情報が欲しいんだろう？　さっきの話はこそこそっと聞かせていただいた！」

なんだこいつは。まあいい。それなら話が早い。

「ええと。それじゃあお前が持っている情報を聞かせてくれないか」

「いいとも！　僕はきっと、君が欲しい情報のほとんどを知っている！　責任は取らないがね！」

やはり胡散臭い。しかしながら、情報というのは喉から手が出るほど欲しいのも事実だ。

「魔族は一体、どこで消えたんだ？」

俺が尋ねると、アルマはにこりと笑う。

「答えは知っているよ！　ただ、その前に少し村の説明でもしようじゃないか！　なんたって、僕はこの村の案内役なのだからね！」

「は、はぁ」

「お三方、さぁさぁ座ってくれ！　少し長話になるからね！　まあすぐに聞き入ってしまって、体感としては一瞬だよ！」

そう言いながら、アルマは椅子を用意してくれる。俺は少々悩みながらも、用意された椅子に座る。彼のことだから、椅子に何か罠でも仕掛けているかもしれないと思ったが普通の椅子だった。

「この村はごく普通の村です。それはもう平和で、辺境で、田舎で、何をするにも多少の不自由が生じる村です」

そう言いながら、アルマは人差し指を立てる。

「しかしながら、この村には他の町や村には負けないものがあります。いや、あった、と言うのが今は正しいですかね。それでは、そこの胸の大きな女性の方！　それが何か答えてください！」

「わたし……ですかね!?」

「いえ、あなたじゃない方です！」

「わ、私？」

泣きそうになりながら、床を見つめるユイ。お前……なんで胸の大きな人で反応したんだよ……！

失礼かもしれないが……お前とエリサの大きさは誰が見たって……!!

「他には負けないもの……時計台とか、かな？　ユイが持ってた地図に、そんなことが書かれていた気がする」

エリサが言うと、アルマは何度か頷く。

「ご名答！　その通り！　この村の名物は時計台だ！」

アルマは手を叩きながら笑顔を作る。相変わらずこの人は胡散臭い。ただ、間違ったことを言うような人ではなさそうだ。

「その前に一ついいか？　魔族とその時計台が何に関係があるんだ？」

俺が手を挙げると、アルマがちっちっちと指を振る。

「確かに一番気になるところだね。もちろん僕も把握しているよ。それはもう十分、痛いほどに痛感しているよ。いや、これは二重表現だね。しかしながら二重表現をするほどに理解している」

アルマは近くにあった椅子を俺たちと向かい合う形で置いて、ゆっくりと座る。足を組んで、俺の方を向いた。

「この村には、伝説がある。けれど伝説というのは、あくまで噂話ってことが多い」

言って、アルマはにやりと笑った。

「でもこの村の伝説は本当だ」

「……それは？」

聞くと、

「この村の時計台には秘密があるんだよ」

秘密……ってなんだよ。これが本当に魔族と関係があるのだろうか。しかしながら、彼の言い方的に時計台に何やら謎があるような感じだ。繰り返すようだが、正直胡散臭い。

けれども彼が言っていることはどこか現実味があった。リアリティと言うべきか。まあ、俺みたいなオッサンがリアリティを語るのは違う気がするけど。歳食っちまったら、涙もろくなるのと同じだ。

「秘密と言ったが、伝説とも言った。つまりは何か不可思議なことがあるわけだけれど、それでは胸が儚(はかな)いお嬢さん！　答えてみて！」

「儚くはないです！　ちゃんとここにあります！　見えますか!?　ここ!!　ここです!!　見えますかぁ!?」

バンバンと胸を叩きながら、キレ気味でユイが椅子から立ち上がる。

今にもアルマに襲いかかろうとしていたので、俺は慌てて彼女の肩を掴んだ。

「カイルさんは分かりますよね!?　ありますよねここに!?」

え、それ俺に聞く？　オッサンに聞いちゃダメだろそれ。俺は苦笑しながら、ちょうどいい言い訳を探す。ちらりとアルマを一瞥するが、

「僕は待つよ！　そのあたりの責任は持たない主義なんだ！」

逃げやがったこいつ。俺は嘆息しながらユイに告げる。

「ご立派ァ！」

「はい！」

満面の笑みを浮かべるユイ。この返事で本当によかったんだな……。

「それで、時計台ですが……伝説というと、何やら魔法や数式では説明できないようなこと……になってくるのでしょうか？」

「そうだね！　人類が持つ技術をもってしても解明できないものだ！　ともあれ、焦(じ)らしても仕方がない！　時計台の秘密を語ろう！」

アルマが指を弾くと、手のひらに時計が出現した。針は動いていない。

「この村の時計台は『時を止める』能力を持っている……と言うと君たちは驚くかな？」

「と、時を止める……？」

「なにそれ？」

「むー……まさに伝説といった感じですね」

俺たち三人、全員首を傾げた。なんせ時を止めるだなんて、普通はできない。人類が魔法を扱えるようになって何百年と経ったが、時を止める魔法なんて空想上のものとして語られている。

つまりは、人類がどんなに頑張っても実現できない。『空想上』の能力であるものが、あの壊れた時計台にあるって言うのか？

「信じられないといった様子だね。それじゃあ、一つ君たちに聞こう。魔族はどうしてこんな『辺境』の『何もない村』を襲った？　それでは、カイルくん。答えられるかい？」

俺に回答権が与えられる。……魔族がどうしてこんな村を襲ったのか。考えてみるが、全くと言っていいほど想像ができなかった。そもそも、ここへ来るまでの間でも『どうしてこんな村が襲われたのか』と考えていたくらいなのだ。俺には、分からない。

けれど、彼が言っている時計台の秘密が本当だったと仮定すると。

「『時計台』の能力を危惧したから……？」

恐る恐る答えると、アルマはにっこりと笑う。

「ほらね。納得いったでしょ？」

確かにそうだ。ありえない話だが、もし人類側に『時を止める』技術があるのならば、魔族側は一番危惧するはずだ。そんなものを使われたら、勝てる見込みなんてほぼないだろう。

「魔族はどうしてこんな村を襲ったのか！　理由は『時計台の破壊』が目的だったからだ！」

時計台が保持する能力をなくすため、この村を襲撃した。

「で、でも。それなら魔族側の作戦は成功したってことじゃない？」

　エリサが焦った様子で声を上げる。

「目的だった時計台の破壊は完了したわけだし……もしかして魔族は拠点に帰ったんじゃ」

「そうです！　これじゃあ完全に逃げられちゃってるじゃないですか！」

　言われてみれば、その通りである。魔族側の目的は完遂している。この村を襲撃する理由ももうない。けれど、アルマは語る。

「少し疑問に思わないかい？　『時を止める』だなんて、さながら神がかった能力を持っている時計台を破壊したんだ」

　神がかった。いや、本当に神の力と言ってもいいだろう。

「そんなものを破壊したら、それ相応の罰が下るとは思わないかい？」

「罰……」

　俺が小さく呟くと、アルマはこくりと頷く。

「時計とは『人の思い出を刻む』ものだ。常に数多くの思い出を刻み続けている」

　そんなものを壊す。気障（きざ）な言い方をすれば、人の思い出を壊したとも言える。

「さて、魔族がどこで消えたかだったね。魔族は時計台を破壊した直後に、時計台で消えたよ」

「そ……それじゃあ時計台に残る魔力の痕跡を」

「その必要はない」

「え？」

変な声が出てしまう。彼は一体何が言いたいんだ？

「君がやろうとしていることは知っている。あの医者の能力を使って魔族の居場所を探ろうとしているんだろう？」

「クソ医者のことを知っているのか？」

「ああ。彼、有名だからね。昔この村に来たことがあったんだ」

そう言いながら、アルマは笑う。

「僕より胡散臭い人間だよね」

「はは。確かにそうかもな」

アルマは苦笑しながらも、こほんと頷く。

「『リリット村内部』『時計台を破壊し、人を殺した魔族』。それで試してみるといいさ」

「は……？　それって――」

その条件って、さながら。

「魔族は今も、この村のどこかにいる」

「それにしても、雨すごいね！　これはリリット村観測史上初レベルの雨だろう！」

アルマは外に出ると、はしゃぎながらくるりと回る。そして、俺の方に向いて一言。

「行こうか。村長さんの家に」

「……分かった」

俺はどうも、彼の態度がよく分からなかった。態度もそうだし、精神もそうだ。

魔族がこの村のどこかにいるってのに、どうしてこうも飄々（ひょうひょう）としていられるのだろうか。

いや、それこそが彼らしいとも言えるのかもしれないが。ダメだな。俺は長く生きすぎて見慣れないものを理解しようとしなくなっている。悪い方向に歳を取ってしまっているようだ。

「ところで、王都からここまで来るの大変だったでしょ！　遠いもんねぇ！　ね、お嬢さん方？」

「めちゃくちゃ遠かったわ。まあ、みんなのことを思うと平気だったけど」

「そうですね。人が死ぬのは、嫌なことです。もし家族の誰かが死んじゃったら悲しいです。それが実際に起こっているとなると、遠いことなんて苦ではありません」

「いいことを言うねお嬢さん方！　君たちは勇者の素質があると思うよ！」

笑いながら、アルマは歩く。俺たちも彼に並びながら、村長宅へと向かっていた。それにしても、彼は何でも知っている。この村のことなら、何でも知っているような気がする。彼が何者なのかは分からない。聞いたところで、彼は案内役だとしか答えないだろう。もしくはツアーガイドか。まあ、深読みしたところできっと彼の飄々とした態度が不可思議に見せているだけで、彼は普通の人間なのだろう。

「しかし、早かったね！」

「ん？　何がだ？」

急に聞いてきたので、俺は思わず変な声を出してしまう。彼は目の前にある村長宅の扉に手をかけながら答える。

「連絡してから、ここに来るまでだよ！」

村長宅の扉が開いた。カギはかかっていなかったようだ。まったく……危ないのに不用心だな。っていうか、勝手に開けるなっつうの。半ば嘆息しながら、俺は声を出す。

「イリエさん！　戻った！　ちょっと魔導具借りるぞ！」

返事がないので、少し躊躇（ちゅうちょ）していると通路からちらりと顔を出してこちらを覗（のぞ）いてきた。

俺が手を振ると、イリエさんはゆっくりと歩いてくる。

「やぁ！　静かだね！」

「……ようこそ」

陽気なアルマと静かなイリエ。対照的な存在で、思わず変な笑いが出た。こんなにも正反対な性格だと、仲良くなんてできないだろうな。とはいえ、アルマはアルマで気にせず話かけていそうだけれど。

「んじゃ、借りるぞ！」

俺は手を振りながら魔導具があるところまで歩き、ふうと息をつく。アルマは相変わらずニコニコとしていて、あまり心が読めない。

「た、試そう！」

「やってみましょう！」

「ああ。この村のためだ」

魔導具に触れて、クソ医者を想像する。瞬間、パッとクソ医者に繋がった。

『はいはい。お待たせしました』

「早速だけど、確実な情報が手に入った。改めて、クソ医者の能力を借りたい」

『もちろん構いませんよ。にしても、面白い方を連れてますね」

「やぁ！　久しぶりだね！」

「やっぱり二人は知り合いなのか？」

『ええ。まあ私の情報網の中に、彼は入っていますよ』

そう言いながら、クソ医者は何かの資料を眺める。まあいい。早く試そう。

「その話は後で。クソ医者、今から俺が話す情報をしっかり聞いてくれ」

『はいはい。いつでも構いませんよ』

「『リリット村内部』『時計台を破壊し、人を殺した魔族』」

答えると、クソ医者はふむと頷く。静寂。静けさが辺りを包み込み、どこか緊張が走った。

「で、どうなったんだ？」

『分かりましたよ。魔族がどこにいるのか』

「マジか！　教えてくれ！」

俺は魔導具本体を掴み、ぐっと顔を近づける。早く教えてほしい。今すぐに対応して、村長さんや娘さん、すべての人たちを助けたい。今は緊急なんだ。人が死んでいるんだ。さらに死ぬかもしれない。だから――。

『カイルさん。あなたのステータスは人間を逸脱しています』

「は……？　急にどうしたんだよ」

突然、クソ医者が全く関係のない俺のステータスの話をしだしたので困惑してしまう。

それがどうしたんだ。別に今話す内容でもないだろう。

『すべてのステータスが化け物クラスです。つまり、多少の攻撃なら防ぐことができるわけです』

「カイルくん。後ろを見てくれ」

「え？」

俺はアルマに言われるがまま、反射的に背後を顧みた。

「エリサ!?　ユイ!?」

まず気がついたこと。エリサとユイの姿がなかった。さっきまで後ろにいたはずなのに。

どこにいるのか探そうとするが、アルマに止められる。

「カイルくん」

アルマはそっと指を上げ、まっすぐ一人を差す。

「見えるかい、彼女の姿が」

「え……？　何を言っているんだ？」

俺は理解ができなかった。アルマは一体、誰に向かって彼女と言っているんだ。だって、今アルマが指を差している方向にいるのは――

「イリエさんしかいないじゃないか……？」

『カイルさん。ひとまず安心してください。エリサさんとユイさんは無事です。ここからじゃ見えませんが、リビングのソファで気を失っていますよ』

だから。どういうことなんだよ。

『さて、カイルさん。私のスキルによって、魔族の居場所が分かりました』

状況が理解できない。

『魔族は、あなたの目の前にいます』

「イリエ……さん？」

俺は声をどうにか出す。イリエさんは少し俯（うつむ）いた後、静かに顔を上げた。イリエさんの額には、一つの歪（いびつ）な角が生まれていた。イリエさんの瞳孔が赤く染まった。

「魔族は……お前だったのか？」

「……ちが。私は魔族じゃ」

彼女は否定しようとするが、明らかな証拠として角が生えていた。どうにかして角を隠そうとしているが、角は消えない。

「嘘だよな？　お前、何かの間違いだよな？」

「違う……これは……違う……！」

「カイルくん。残念だが、彼女は魔族だ。そして、同時に村長さんの娘だよ」

「……は？　何言ってんだよアルマ。魔族だなんて嘘だよな……？」

「違うよ。彼女は正真正銘、村長さんの娘であり魔族だ」

どういうことだよ。イリエさんが村長の娘だってのは分かる。だけど、同時に魔族だって？

「意味が分かんねえよ」

何がどういう意味なのか分からなかった。状況が理解できず、俺はただ固まるばかりである。

「彼女は人間だろ……？　魔族であり人間だなんて意味が分からないんだけど……？」

「恐らく……まあ……直球で言うと、イリエさんは魔族になってしまった」

魔族に『なった』って。なんだよそれ。本当にどういうことだよ。

「いいかいカイルくん。まずは彼女を行動不能にしよう。多分、彼女からは情報を聞き出せる」

「ええ？　つまり、どういうことだよ？」

「攻撃するんだ。カイルくん」

アルマは冷静に答える。攻撃って。だってイリエさんは人間で……人間じゃないのか？

確かにイリエさんの額に生えているのは角だ。魔族が持つ、特有のものだ。でも服装だって見た目だって、それ以外はすべて人間のままだ。何度自分を疑ったって、彼女は人間そのものだ。

イリエさんの様子がおかしなことは理解できる。でも、彼女が魔族だなんて。俺は信じることができない。どうやって信じろっていうんだ。

「何かの間違いなんじゃ――」

そう言おうとした刹那(せつな)、俺の体に衝撃が走る。吹き飛ばされ、壁に思い切り激突した。

「……っ!?」

驚いてしまう。あまりにも突然の攻撃だった。しかし、ダメージはあまりない。相変わらず俺の体は人間を逸脱している。でも――そんなことはどうだっていい。

「イリエ……さん?」

「ちが。どうし、て。どうして攻撃、してるの」

イリエさんは俺に手のひらを向けていた。手のひらには、どす黒い魔力の球が浮かんできた。あれを俺に放ってきたのだろう。普通の人間ならば、できないことだ。

『カイルさん。落ち着いて聞いて――』

――バゴォオオオオン!!

クソ医者の声が聞こえたかと思うと、どす黒い球体が俺の真上を通過した。轟音(ごうおん)が響き、家が揺れる。後ろを見てみると、クソ医者と繋がっていた魔導具が破壊されていた。

「ち、ちがう。なに、これ」

「カイルくん。落ち着いてくれ」

「アルマ……?」

「相手を行動不能にしてくれ。心は痛むと思うが、このままでは僕も君の仲間も、村人も全員が死ぬ」

「ええ？」

「冷静に考えてくれ。柔軟に考えてくれ。君は今、何をすべきかを」

「俺が……今するべきこと」

俺は、今何をするべきなのか。分からない。何が正解なのかは分からない。

けれど。

「そうだよな……まずは、止めないとな」

詳しい話は後だ。まずは彼女の暴走を止める。それが俺の役割だ。

「イリエさん。俺が今、お前を止める」

「私は……何も悪く……！」

再度、彼女の両手が広げられる。自分を守るかのように、手のひらをこちらに押しつける形だ。

けれど、その手のひらからは魔力が生成されていた。どす黒い、魔族の魔力だ。

「生憎(あいにく)と僕はあくまで案内役。戦闘能力は皆無だ」

「分かってる。俺が、俺一人でやらなきゃいけないんだろ」

ぐっと拳(こぶし)を握り、息を整える。相手はイリエさんだ。彼女は村長さんの娘で、人間で。でも今は魔族だ。つまりは、俺たちの敵なんだ。今も現に俺たちに攻撃しようとしている。敵、なんだ。

「嘘だと言ってくれよ……！」

俺は唇を噛みしめながら床を蹴り飛ばす。加速し、イリエさんの方へと駆ける。

「やめ……て！」

「っ!!」

両方の手のひらから放たれた魔法弾を、咄嗟の判断で蹴り飛ばす。どうにか消滅させることに成功したが、微かに足がじんじんと痛んだ。かなりの威力だ。もしも背後にいるアルマに当たってしまったら、多分死ぬ。生命の危機というものが目下に存在するとなると、肌がじりじりする。

生きている心地がしなかった。それも、相手が相手だからだ。

「クソっ!!」

俺は声を上げて、イリエさんを攻撃できる範囲内に入り込む。呼吸を整え、拳を押し込んだ。

「なっ――」

しかし、俺の拳は空を切る。放った一撃の先には、誰もいなかった。不測の事態に動揺しながらも、体は自然に動いていた。アルマの方にである。

「僕のことは気にするな！　死ぬ気でどうにかする！」

「馬鹿言え!!」

この状況だと、間違いなく狙われるのはアルマだ。そして、アルマは戦闘能力がない。彼を人質に取られでもしたら詰みである。彼女が……イリエさんがそうするとは思いたくないが。

「違う!!　こっちに来るな!!」

「今更何言ってんだ――」

アルマへと手を伸ばそうとした瞬間のことだった。背中を抉られるような一撃が俺に加わる。

もちろん回避することなんてできず、思い切り壁へと弾き飛ばされた。吐き気がする。

痛みは微かだが、体が悲鳴を上げている。確かに耐久力は人外レベルだが、中身は人間だ。

こんなにも縦横無尽に振り回されたら、気分だって悪くなる。

「は……はぁ……」

なんだこれ。彼女……普通の魔族か幹部クラス……いや、それ以上に強いかもしれない。

彼女の何がそこまでの力を生み出しているんだ。

「わ、私は……誰……？　私は……イリエ、村長の娘……」

クソ！　どうなってんだよ！

俺はどうにか立ち上がり、相手を見据える。物理攻撃はダメだ。もっと速度の出る一撃じゃないと、多分全部避けられる。魔法……いや、俺の持つ魔法じゃ不可能だ。エリサたちを頼れたら幾分かマシだったのだろうが、現状は不可能。彼女たちは気絶している。

「はぁ……どうする」

俺は息を整える。イリエさんが再度、攻撃を放とうとしていた。

どうする。

どうするんだ。

――カタッ。

「ん？」

足元に何かが転がった。猟銃である。確かここの村長さんが大切にしていたであろうものだったか。この家に多く飾られていたものの一つだろう。

「……ワンチャンに賭けるか！」

俺は咄嗟に猟銃を拾い、中に弾丸が入っているか確認する。正直、飾っていたのだから入っていないと読んでいた。

「一発だけ……あった……！」

ガチャリとスライドしてみると、確かに一発だけ装填(そうてん)されていた。俺はふうと息をつき、銃を構える。相手は魔族だ。多分、これくらいの弾丸じゃあ死にはしないだろう。

「はぁ……はぁ……」

照準がぶれた。やはり、人間に銃を向けているという感覚が抜けない。息が荒くなるのが分かる。息を整えたはずなのに、胸が早鐘を打つ。ダメだ。これ……撃てない。

「カイルくん！　撃て！」

「……アルマ」

どこかに隠れていたのだろう。壁に寄りかかりながら、アルマが叫んでくる。

「いいから！　撃つんだ！」

「で、でもさ……」

「撃つんだ！　この中では一番の年長者であり、いい歳したオッサンなんだ！　覚悟決めろ！」

オッサン……。はは、オッサンだ。この中では一番歳を食っている。この中で一番の年長者だ。

そんな俺が覚悟できないでどうする。格好がつかないだろう。覚悟決めろ、俺。

「イリエさん!! 止まってくれ!!」

声を張り上げながら、指を引いた。刹那、バコンと反動が肩にかかる。硝煙の香りが鼻孔をくすぐり、息ができずにむせかけた。咳き込みながら正面を見る。

「それ……村長の」

銃弾が当たったのかは分からない。ただ、俺の目の前にイリエさんの姿があった。

正直、死んだかと思った。けれど、様子が違った。彼女は悲しげな表情で銃に触れて、涙を流していた。

「そうだ……思い出した。私は魔族だ。人間じゃない……イリエじゃない……魔族なんだ……」

俺の目を見て、

「村長を、この村の人たちを殺した魔族なんだ……」

今の彼女には、もう敵意は感じられない。俺は静かに銃口を下ろし、アルマに視線を送った。

「お疲れ様、カイルくん。君はすごいよ」

「一番の年長者、だからな。それで……俺はどうしたらいいんだ」

「敵意のない魔族は貴重だ。……色々と話を聞こう」

「……分かった」

俺は差し出されたアルマの手を握り立ち上がった。そして、目の前にいるイリエさん魔族を見据えた。彼女、イリエさん魔族は静かにソファに腰を下ろしている。ちょこんと、すごく小さく見えた。この子が魔族だと言われても、俺には正直、信じられないほどに。

「イリエさん……で、いいのかな」

「彼女は正真正銘、村長の娘のイリエさんだよ。中身は魔族だけどね」

黙ったままのイリエさんの隣で、アルマは呟く。彼女は、イリエさんであり魔族である。

上手く理解できないけど、それが事実だ。

「お前がここを襲った理由は、時計台の破壊で間違いないか？」

なかなか彼女を敵と認識することができなかった。言葉も、上手く紡ぐことができない。自分が上手く喋ることができている自信もない。

「はい……この時計台が持つ【時を止める】能力を消し去るために、壊しました――」

イリエさんはそう言いながら、体を震わせていた。瞳には次第に涙が溜まっていく。

震える目を俺に向けて、顔をぐちゃぐちゃにする。

「人を殺しました。村長を殺しました。全部、全部私がやりました」

溢れるかのように、イリエさんは次々に言葉を紡いでいく。拳をぎゅっと握っている。息は荒い。

「人を殺すなんて、何も感じないはずなのに……！」

「時計台を破壊したことが関係しているんだよね？　僕は生憎とすべてを知っているわけではないが、君の姿を見れば何か『呪い』にでもかかったのかなと思っているが」

「呪いです。きっと。時計台を破壊してすぐのことでした。気がついたら、殺したはずの村長の娘になっていたんです」

殺したはずの村長の娘になっていた……。一体、そんな超常現象がありえるのだろうか。

いや、事実発生しているのだからありえるのだろう。

「その瞬間、脳内に一気に流れてきました。私が殺した人間たちの、人々の思い出が大量に流れ込んできたんです」

「……」

「怖くて仕方がありませんでした。自分は、こんな数々の思い出を破壊したんだ。紡ぐはずだった記憶を破壊したんだって」

それを聞いたアルマは、ぽんと手を叩（たた）いて語る。

「つまり、君が受けた呪いは『人の思い出を知る』というものだったんだろうね。君にとっては、最悪の呪いだったんじゃないかな」

「……だんだんと魔族としての意識が薄れ、気がついたら『イリエ』として生きていました。でも、思い出しました。二人のおかげです」

イリエさんは苦笑しながら、答える。

「父親を待っていたのは魔族の私じゃなくて、私が殺した『イリエ』だったんです。健気（けなげ）ですよね、いないはずの父親を待っているだなんて」

「本当、人間って馬鹿だな」と。

彼女はこくりと頷いた後、俺のことを見据える。

「あなたに二つ、お願いがあります」

「どうした？」

「ヴォルガンという魔王軍幹部を殺してください。私に、時計台の破壊を命令したのは彼です」

魔王軍幹部……!?

ここで、幹部の名前が出てくるとは思わずに驚いてしまう。少し、体に力がこもる。

「とはいえ、彼はもう魔王軍幹部とは言えません。なんせ、『魔王殺し』を企んでいるのですから」

「魔王殺し……ってことは、自分の親玉を殺そうとしているってことか？」

「はい。魔王様の甘い考えに反発した彼は、自らが世界を掴もうとしています。……彼が望む世界は生命の選別。思い通りにいったら、人間や魔族、すべての生命が危機に陥るでしょう」

なんだそれ。つまり、自分が望む世界を作ろうって考えているってことか？

それ……かなりヤバくないか。

「ヴォルガンはレイピア王国最北端、エネル草原の地下洞窟に存在する異空間で計画を進行しているはずです。……これがあれば、異空間への扉を開くことができるはずです」

彼女は俺に、一つの小さな宝石を渡してくる。宝石には、見覚えのある紋章が刻まれていた。

魔物たちの額に刻まれていたものだ。

「奇妙な魔物が暴れているのも、魔族たちが暴れているのも、すべてはヴォルガンが原因です。彼のせいで、人間が数多く死んでいます」

そう言って。

「彼を殺してください。これ以上、犠牲を生まないためにも」

「らしいけれど、君は信用するかい？」

アルマが俺に尋ねてくるが、もちろん俺は頷いた。彼女の想いは、しっかりと俺に届いた。

「任せてくれ。絶対に、そいつは俺が止める」

答えると、彼女は嬉しそうな表情を浮かべる。そんな自然な流れで、彼女はこうも言った。

「もう一つのお願いは、私を殺してください」

「え……？」

耳を疑った。彼女は一体、何を言っているんだ？

「私は人の命を奪いすぎました。イリエが刻んだ大切な思い出も、壊してしまいました。私は今、イリエの体で生きていますが、これじゃあ彼女は救われません」

イリエさん魔族は言う。

「だって、イリエは父親に会いたがっているんです。だから、父親の元に連れていってあげてください」

「いや……お前……そんな、こと」

ここまで言葉を紡いで、俺は何も言えなくなった。彼女は責任を感じている。そして、その責任は当然のことだった。彼女のしたことは決して許されない。イリエさんは俺のことを一瞥した後、ゆっくりと立ち上がった。そして、自分の胸に手のひらを当てる。魔法陣が胸に浮かび上がると、彼女の体から力が抜けていく。立つこともできずに、イリエさん魔族はソファにもたれかかった。

「今なら、私を殺せます」

「……いや」

「お願いします」

「……で、でも」

「イリエは死んでます。死んでいるのに、私のせいで今も擬似的に生きているんです。可哀想だと思いませんか？」

それは。

「あなたしかいないんです。イリエを、父親に会わせてあげてください。そして——私の罪を裁いてください」

「カイルくん。これは君にしかできないよ」

アルマが俺の肩を叩いて、部屋から出ていった。俺とイリエさん、二人だけになる。

「お願い、します」

彼女も、『彼女』もそれを望んでいる。二人の願いを叶えることができるのは、俺だけなんだ。

だから、俺が責任を持つしかない。責任を持って、彼女たちの最期を見届けるんだ。

俺は胸に手を当てている、彼女に手のひらを当てた。

「まず、イリエさん。父親に会ったらいっぱい甘えろ。君の幸せを、俺は望んでいる」

強く、力を込める。

「次に魔族。お前は最低だ。でも、俺は悪い奴には思えなかった」

息を吸い込み、笑顔を作る。

「ヴォルガンは任せろ。絶対に俺が倒してやる」

「ありがとう、ございます」

だから。

「ゆっくりと眠れ」

◇◇◇

「……んん。頭、痛い……」

「くらくら、します……」

リビングのソファに倒れていた二人をぼうっと眺めていると、やっと目を覚ましたようだ。

頭を押さえながら、ふらふらと体を起こす。

「おはよう。二人とも」

俺は近くの椅子から、彼女たちを眺めていた。どれくらい眺めていただろうか。一時間、二時間は待ったかもしれない。無理やり起こしてもよかったが、さすがに負担が大きいだろうとやめたのだ。二人はだいぶ意識がはっきりしたのか、お互いの顔を見つめ合った後、俺の方に振り向く。

「魔族は!?」

「魔族はどうなったんですか!?」

……ああそうか。彼女たちは魔族が誰であるか発覚する前に気絶していたから、何も知らないのか。

「魔族はカイルくんが倒したよ！　いやはや、見事な大勝利だったのに見られなかっただなんてもったいないなぁ！」

「アルマ……」

俺が嘆息しながら言うと、アルマは「これでいいんだよ」と耳打ちしてくる。半ば呆(あき)れながら頭を掻き、俺はこくりと頷いた。

「魔族はもう大丈夫。俺が倒したよ」

そう言うと、二人は安心した様子で目を輝かせた。

「本当!?　すごすぎるよ！　さっすがはカイル！」

「カイルさん！　さすがです！」

エリサたちは立ち上がって、お互い大喜びでハイタッチを交わしている。

「あ！　魔族からは村長さんの居場所、聞けました？」

「そうそう！　イリエさんが悲しんじゃう！」

「ああ……それはな」

少し言い淀(よど)んでしまう。なんて伝えようか悩んだけれど、俺は結局濁すことにした。

「お前らが寝ている間に、村長さんを救出してイリエさんとも合流できたよ。二人は無事、会えた」

そう言うと、エリサたちは満面の笑みで何度も頷く。

「よかった！　村長さんも、イリエさんもきっと不安だったり寂しかったりしただろうから、安心できたかなぁ」

「わたしたちが気絶して寝ている間に色々あったんですね――というか、なんでわたしたち寝てたんですかね？」

「魔族からの不意打ちで、お前ら一瞬で気絶してたぞ」

「そうだったの!?」

「マジですか!?」

二人は驚愕しながら、ガクガクと肩を震わせる。嘘は……言っていない。

事実だ。

「君たち、一瞬でノックアウトされていたよ！　滑稽だったね！」

「はぁ!?　なんですかアルマさん！」

「さっきから、私たちのことからかってない!?」

「さぁ。どうだろうね！」

「いや、お前は明らかに悪意を持って言ってるわ。アウト」

俺が言うと、アルマは苦笑しながら肩をすくめる。

「すまないね！　僕はその場を盛り上げるのが得意なんだよね！」

「盛り下がってます！」

「だよ！」

「ええ！　そこまで言わなくてもいいじゃないか！　まったく、仕方ないね」

アルマは椅子から立ち上がり、くるりと振り返って、俺の方に歩いてくる。

「それじゃあ邪魔らしいから、僕は外で待ってるよ！　なんて優しいのだろうか僕は！　今日も素晴らしいなぁ！」

そして、俺の横を通り過ぎようとした瞬間に。

「大変だろうけど、頑張ってね」

「……ああ」

そう言って、彼は村長宅の外へと出ていった。俺は息をついた後、彼女たちの方を見る。

「ところで、イリエさんはどこに行ったの？」

「そういえばそうですね。村長さんに会った後はどこに行ったんです？　挨拶とかしなくてもいいんですか？」

「ああ……それはな」

なんて言おうか悩んだ。笑顔を作ってはいるが、多分かなり引きつっている。

俺は三十年も生きてきたが、こういうのは苦手なんだ。大人っていうのは、嘘が得意だとか言うけれど俺は苦手だ。多分、まだ大人にはなりきれていないのだろう。オッサンだってのに、恥ずかしい限りだ。

「二人は村人たちに挨拶回りでもしているんじゃないかな。用事があるって言って、家を出ていったよ」

「そうですか！」

「なるほどね！」

二人は納得したようで、満足そうにしていた。俺は相変わらず、嘘は苦手なようだ。

「俺たちの任務は終わりだ。イリエさんたちには、俺からもう伝えてあるから挨拶はしなくていい。さっさと帰るぞ」

「ええ！　もう帰るの!?」

「まあまあ。ずっと居座っても迷惑ですしね」

「そうだ。見た感じ、お前ら元気そうだから俺が手を貸さなくても普通に歩けるな？」

「大丈夫！」

「問題ないです！」

「よし」

そうして、俺たちは村長宅の玄関まで向かう。相変わらず猟銃が多い。ぼうっと部屋を眺めながら歩いていると、ふと倒れている写真立てを見つけた。反射的に手を伸ばす。

「……」

そこには、イリエさんと村長が笑顔で写っていた。とても素敵な写真だった。

「何見てるんです？」

「なんかあったの？」

「いや、なんでもない」

俺は何事もなかったように、そっと写真立てを戻した。部屋を見渡せるよう表向きに。

「やっと出てきたかい！　見てごらん！　外は快晴！　とってもいい天気だ！」

外に出ると、アルマが満面の笑みで立っていた。さっきまで大雨だったのに、嘘みたいに空が晴れている。透き通った、雲一つない快晴だ。雨上がりのいい香りが、俺の鼻をくすぐる。

「帰るのかい？」

「ああ。俺たちの任務は終わりだ」

「そうか。改めて、ありがとう」

アルマは深々と頭を下げた。

「……村は」

言いかけた瞬間、アルマはぱっと顔を上げる。

「お嬢様方！　ちょっと僕たちは大人な会話をするから、先に村の門まで向かっていてくれ！　馬車を用意してあるから、なんなら先に乗って待っていてくれ！」

◇◇◇

「村の件だね」

「ああ。どうなるんだ」

この村には、村長はもういない。家屋も正直、壊滅状態と言える。しかもこんな辺境の村を復興しようというのは、なかなか難しい話である。

「多分、この村は静かに終焉を迎える。でも安心してほしい。僕が生き残っている村人全員を、安全な町や村に案内するよ」

言って、アルマはポーズを取る。

「なんたって、僕は案内役だからね！」

「安心するよ。お前を見ていると」

「そう言ってくれると嬉しいよ！」

俺は踵を返し、ちらりと後ろを見る。

「んじゃ、俺は王都に戻る。……また、会えるよな？」

「会えるよ。約束だ、英雄くん」

「英雄だなんてやめてくれ。俺はそんな大層な器じゃないよ」

「僕が勝手に言っているだけだよ。でも、案外この呼び方も悪くはないんじゃないかな？」

「俺には似合わないさ。そんな特別な存在じゃないしよ」

なんてことを言うと、アルマはくすくすと笑う。一体彼は何が言いたいのだろうか。でも彼は
……マジで言っているのかもしれない。空想上の存在に近い、英雄に俺が相応しいって。俺は英雄じゃあないし、特別な者でもない。強いて言うなら、俺よりエリサたちが英雄になる器だろう。

「でも、英雄か。悪くはないかもな」

俺は色々なものを見てきた。イリエさんのことや、魔族がしてきたこと。考えてみると、俺はも

しかしたら何かを変えたいのかもしれない。現状、世界で起こっている何かを。

「あれ？　もしかして心の中で何かが決まったのかな？」

「少しな。別に言うほどでもないけど」

どんなに言われようが、英雄ってのが空想上の存在に近いのは変わりない。その認識は俺の中でも決して変わってしまうことはない。簡単に英雄になります……なんて言うには、俺は少し歳を取りすぎてしまった。だけど、俺は魔族の脅威を消し去りたい。人間が苦しむようなことを、この世界からなくしたい。

昔の俺には絶対できなかったことだと思う。だけど……今なら少しばかり言ってみてもいいかもしれない。

けれど決心した。

俺は――『英雄』ってものを目指したい。

「……それじゃあ、またな」

俺が手を上げると、アルマもそれに倣う。

「ああ！　また会おう！」

空は快晴だ。少しばかり暑くて、けれども風が心地いい、とても良い日だ。

ゆっくりと終焉を迎える村。けれど、アルマがいるから大丈夫だ。

俺は、彼を信用している。

「まったく、オッサンって生き物は俺が想像していた以上に大変だな」

そんなことを思いながら、俺は少し頬(ほお)を緩ませた。

「外なんか見てどうしたの？」

「何か見えますか？」

「いや、なんでもないよ」

王都の広場に集う馬車たち。その一つに、俺たちは乗り込んでいた。馬車はゆっくりと動きだし、目的の場所へと向かう。

「この馬車に、私たちしか乗っていないって不思議だね」

「まあな」

俺たちが乗っている馬車は宮廷へと向かっている。そんな特別な馬車には、俺たちしか乗っていなかった。それもそのはず、国王様から直接の呼び出しがあったからだ。大ごとにするにはまだ早いと判断した国王様は、少しでも情報が漏れないように俺たちしか乗せていないというわけである。

馬車も特別製で、かなり声を張り上げないと御者に会話を聞かれることはないだろう。

「ヴォルガン……今、わたしたちの国家に被害を与えている根源的存在。魔王軍のせいじゃ……なかったんですね」

「らしい。たった一人でここまでの被害を出せる相手だ。正直、魔王よりもヤバいかもな」

不可思議な魔物の生成。魔族たちの暴動。すべてが、ヴォルガンの仕業ということだ。たった一人でここまでしているのである。ただの魔族……という言葉では片づけられないだろう。少なくともギアンより遙かに格上。国家最強の聖女がいるように、相手は魔王軍最強レベルの魔族だろう。

たった一人で、一国に反逆してくるのだから。

「そんなヤバい存在がいるってなったら、そりゃ国王様も呼び出すだろうな」

リリット村から帰還後、俺はギルドを通じてイリエさんから聞いたことを国王様に伝えてもらった。

結果として、呼び出されたわけである。もちろんギルドには箝口令が敷かれ、どの冒険者にも通達されていない。俺たちがやるべきこと……ってことになっている。

「そろそろか」

宮廷が見えてきた。分かっている。覚悟はできている。俺たちは、迫り来る運命と戦う。

◇◇◇

「久しぶりですねぇ。お三方。少し雰囲気が変わりましたか？」

「相変わらずですねルルーシャさんは。こんな状況でも飄々としている」

「ふふふ。私は世界が誇る聖女なのですから、どういった状況でも余裕を持った姿でいるべきなんですよ」

「それは確かにですね。少しばかり安心しますよ」

俺たちはルルーシャさんを先頭に、宮廷内を歩いていた。相変わらずルルーシャさんは不思議な雰囲気を漂わせている。それが彼女の良いところだ。全く掴めないところが、彼女を彼女たらしめているのだろう。世界レベルの聖女は、いつだって落ち着きを見せるべきだ。

「しかし……あなたたちは黒幕にたどり着いたんですね」

「黒幕……ですか?」

「なになに?」

「黒幕……?」

俺たち三人が首を傾げると、ルルーシャさんはくすくすと笑う。

「今まで起きてきた事件の根源にですよぉ。きっと、あなたたちなら近づけると思っていました」

「ああ……それですね」

すぐに、ヴォルガンのことを言っているのだと理解した。けれど、俺たちが真実に近づけると信じていたか。そんなに期待されていただなんて思うと、少し恥ずかしいな。……まあ、これも運命だったのだろう。まったく、俺の物語は三十になって急に今までの分を取り返すかのように回収し始めるな。

不思議なものだ。

「ご褒美のキス、しましょうか?」

「あ、ええと! ああ……」

俺が困っていると、エリサたちが腰を突いてくる。どうやらお怒りらしい。

「今はいらないです」

「そうですかぁ。悲しいですねぇ」

残念がるルルーシャさんであったが、俺もちょっぴり残念であった。しかしながら、これ以上話を続けるとエリサたちからの攻撃がさらに酷くなる可能性がある。それを考えると、この話はいったんなかったことにするべきだ。というか、ルルーシャさんはオッサンをからかうのが上手いな。

俺はまんまと乗せられちまう。

「さて」

ルルーシャさんが、ぱたりと止まった。くるりと回って、目の前の大きな扉を見据える。

「行きましょうか」

「はい」

ルルーシャさんは、コンコンと扉を叩く。少ししてから、ゆっくりと扉を開いた。レッドカーペットが延びる床。その先には、玉座がある。広い空間。しかしながら、一人の人物しかいない。

俺は半ば緊張しながらも、咳払いをして呼吸を整える。ゆっくりと顔を上げると、国王様と目が合った。

「待っていた。カイルよ」

国王様は俺を見て言う。

「お主たちが来るのを、我はずっと待っていた」

「光栄です……といっても、事が事ですからね」

これまで発生していた魔族からの攻撃、その根源が判明したのである。それはもう大ごとだ。

まあ、国王様は大ごとを隠すといった判断をしたわけだけれど。しかしながら、それは俺たちのことを強く信頼してくれてのことだ。失敗なんてありえない。

そう踏んだ上での作戦である。とはいえ、こんなことを伝えたらエリサたちがビビるだろうから、まだ二人には伝えていないが。

「ああ。まさかすべての事件、事故が一人の魔王軍幹部に集約していたとはな……驚いた」

国王様は唸る。俺も実際、近年この国で起こっていた攻撃行為が一人の魔族によって行われていたことだと知った時は驚いた。

あんな大きなことを。国家にすら脅威だと認識させるレベルのことを一人でやっていたなんて。

どうも現実味がない。しかしながら、これが現実で起こっているのである。

ヴォルガンが何者かは知らないが、すぐさま対応しなければならない。

「まずはお主たちが真の敵を見つけたこと、感謝したい」

そう言って、国王様は深々と頭を下げる。

「いやいや！　頭は下げなくて大丈夫ですから！」

俺は慌てて声を上げて、国王様を止める。こんな平民にも頭を下げてくれる国王様ってのは貴重だと思うが、そうは言っても恐縮してしまう。それに、確かに俺が見つけたことかもしれないが、別にそうは思っていない。ただ俺は彼女の想いを受け取っただけなのである。

彼女——イリエさんの——イリエとして一瞬でも生きた魔族からの想いを受け取っただけなのだ。

彼女がいなければ、ここまでたどり着くのは不可能だっただろう。

「話を戻そう。ヴォルガンのことだ。我々の方で内密に調査をしたが、正直言って全く成果は得られなかった」

国王様はこめかみを押さえて、首を横に振る。

「我が国が持つ、最高の諜報機関を動かしてだ。これに関しては、悲惨な結果と言える」

国家が保有する諜報機関が動いていたのか……。事が事だから、当然ではあるが……若干驚いてしまう。しかし、そんな機関が動いて何も情報が得られなかったか。

「魔王軍幹部についてだというのに、成果が得られなかったというのは相当なことでは？」

尋ねると、国王様は深く頷く。

「そうだ。確かに諜報機関とはいえ、魔界まで到達することは現状できていない。もちろん人間の領土内でのみ調べた結果というのは前提にある。しかし、我々はただの魔族を調べたわけではない。魔王軍幹部を調べたのだ。だが……参考になりそうな情報を得られなかった」

「参考になりそうな……というと、一応は何か情報が手に入ったのですか？」

「手に入った。だが」

そう言って、国王様は言う。

「彼――ヴォルガンがごく平凡な魔族だったという情報しか得られなかったのだ」

魔王軍幹部クラスの魔族が、ごく平凡だったたって？　そんなのありえるのか？　普通は多少なりとも、魔王軍の中で重要な役割を任されているはずだ。なのに、国家が下した判断は『平凡』だということ。

信じられない。

「確かに魔族の中では優秀な方だったようだ。幹部クラスに成り上がれるほどには。しかし、ただそれだけだった」

「本当……ですか？」

「ああ。彼は幹部になっても、特別なことを任されているわけではなかった。多少なりとも戦える、言い方は悪いが器用貧乏だったから幹部としての地位を得たという見解だ」

「おかしくない？　それじゃあ、少し……というか私たちが知っている情報とはめちゃくちゃ違う気がするんだけど」

「はい……かなり乖離があるように感じます」

俺も同じ意見だった。最初得た情報とは、到底かけ離れている。俺たちが想像していたヴォルガンとは、百八十度違う。

「ただ、一つだけ。ある日突然ヴォルガンは姿をくらませたようだ。それがいつかは分かっていないが、今ある情報的にそこからヴォルガンが動きだしたのだろう」

「なるほど……全く情報がないですね。属性だとか、武器だとか。そういった情報が全く出てこないって、逆に不気味ですよ」

「分かっている。それが不気味なところなのだ。……カイルよ。我はお主を強く信頼している」

国王様は静かに語る。

「何も情報がない今、相手は何をしてくるかが分からない。死ぬ可能性も大いにある」

「…………はい」

「改めて、任されてくれるか」

「もちろんです。俺は、約束しましたから」

国王様からの問いに、力強く頷いた。

「ふふふ。頼もしいですねぇ。カイルさん、格好いいですよぉ。キスしてあげましょうか？」

「……大丈夫です」

「冗談ですよぉ。私もこう見えて人間ですので、多少なりとも空気は読みます～」

本当に読めているのだろうか。いや、読めてはいるのだろうが……面白いからそのような行動を取っているように思える。ルルーシャさん、本当に掴めない人だ。

「むむ」

「むむむ」

エリサたちは不機嫌な感じだし。

「カイルたちよ。お主たちを信頼して、命令する」

俺たちは顔を上げて、国王様を見据える。

「エネル草原、地下洞窟へ向かい――我々の真の敵であるヴォルガンを討伐せよ！」

「「はい！」」

俺たちは胸に手を当てて、声を大にして叫んだ。

◇◇◇

「私たち……いよいよすごいところまで来ちゃったね」

エネル草原へと向かう馬車内にて、エリサはぼそりと呟いた。室内はガタガタと揺れている。

同時に、彼女も肩を揺らせながら不思議そうな表情を浮かべていた。

「来ましたね。これ、実質的に世界の命運を託されてますよね？」

「だよね。だって、すべての元凶を倒しに行くんだよ」

「……エリサが言うように、来るところまで来たって感じがします」

二人は、どこか不安そうな面持ちをしていた。やはり彼女たちにとっては厳しいものなのだろう。

……俺にとってもかなり厳しいものなのだが。オッサンも正直、緊張というか嫌な汗がさっきから止まらない。歳を重ねるにつれて、こういうのには弱くなってしまった。まったく、体はユニークスキルで人間を逸脱してるのにな。

「絶対……倒すからな」

俺は一呼吸置いて、自分に言い聞かせ、強く誓った。

その瞬間のことだ。

「うお!?」

「きゃ!?」

「ななぁ!?」

馬車が突然止まった。俺たちは絶賛立ちっぱだったこともあって、思い切り前の壁にぶつかってしまう。体を打ちつけてしまい、苦しみながらも状況を確認すべく立ち上がる。

「二人は大丈夫か？」

「……全然大丈夫！　怪我とかはしてない！」

「わたしもです！」

「よかった」

そう言って、俺は小窓を開けて御者さんに声をかける。

「何が起きたんです!?」

叫ぶと、御者さんが慌てた様子で答えた。

「と、突然デスバードの群れが現れたんだ……！　最初からいたとかじゃなくて……本当に突然現れた！」

「……どういうこった？」

俺は頭を悩ませるが、ひとまずは魔物の討伐をしなければならない。デスバードは少なくともBランクの魔物。それが群れでいるとなると、かなりの難易度になってくるだろう。

「エリサ、ユイ。戦闘だ！」

「おう！」

「はい！」

俺たちは馬車から飛び降りて、デスバードの群れを確認する。正面。数メートル先。そこには、五体のデスバードの群れがいた。額には見覚えのある紋章が刻まれていて、相変わらず意識がはっきりとしていない様子だった。つまりは、こいつらはヴォルガンの支配下にある魔物というわけだ。

……まさか俺たちに感づいたのか？　嫌な汗が伝う。こっちはこそこそと忍びながらヴォルガンに攻め入ろうとしていたのに、向こうには筒抜けだったのか？

「いや、まだ判断しきれないな」

この辺りはちょうどエネル草原と呼ばれ始める場所。

可能性として、この草原に立ち入った者には攻撃するように仕向けているのかもしれない。

「エリサ！　ユイ！　殲滅するぞ！」

「もちろん！」

「分かりました！」

俺の声が合図となり、二人は武器を握る。

「相手は特殊個体だ！　耐性だったり能力だったりを持ってたりするかもしれないから、慎重にいくぞ！」

彼女たちはどちらかといえば後衛職である。また、能力値も鑑みたら俺が先陣を切った方がいい。

一番犠牲になっても、被害は生まないのが自分だからだ。もういい加減、特殊個体とも戦いすぎて慣れた。まずこいつらにするべきことは一つしかない。

「思い切り――殴る！」

足に力を込め、地面を蹴り飛ばす。一瞬にして加速した体は風を切り、まっすぐデスバードへと向かう。

「はぁっ!!」

大抵の人間、魔物、魔族では認識できないであろう速度で接近した俺は拳を押し込んだ。

轟音が響き、空間が震える。顔を上げると、攻撃したデスバードは完全に消滅していた。

「一体目!」

少なくとも、こいつは物理に弱かったらしい。十分だ。五体いる状態で一体倒せただけでも、十分な功績といえる。ならば俺がやることは一つだ。

「――はっ!」

続けて二体目へと攻撃すること。少しでもエリサたちへの負担を軽減し、彼女たちに情報を提供する。それが先陣を切った俺の役割なのだから。体勢を立て直し、くるりと回転して二体目に回し蹴りを見舞う。

「……っ」

が、俺の攻撃は空を切った。さっきまでいたはずのデスバードが目の前から消え、一瞬動揺してしまう。見事に隙を見せてしまった俺は背後から攻撃を喰らい、エリサたちの方に吹き飛ばされていく。

「だ、大丈夫!?」

「怪我はないですか!?」

ジャストで二人が俺をキャッチして、ゆさゆさと揺さぶってくる。ただでさえ吹き飛ばされて気持ちが悪いのに勘弁してほしいぜ……と思いながらも、俺はグッドサインを送った。

「問題ない。魔物なんかに、化け物だって言われてる俺が負けるわけねえだろ」

俺は汚れを払いながら立ち上がり、残った四体の魔物を見て嘆息する。

「特殊個体が出てくるなら、耐性や能力も統一してほしいものだけどな」

まあ、それはさすがに俺たちに都合が良すぎるか。なんならここは敵の拠点付近なのである。これくらい強めの魔物を設置している方が自然だ。

「エリサ、ユイ。お前らの出番だ」

俺はにやりと笑い、腕を組む。

「四体のうち、一体はめっちゃ速い。多分特殊能力の一つだろう」

「確かに速かったね……!」

「あれはヤバかったです……!」

彼女たちが頷くのを確認した後、話を続ける。

「エリサ、ユイ。あいつら全体に魔法と弓の雨を降らせてやれ」

「は!?」

「え!?」

これはエリサたちを信頼しての作戦である。彼女たちの実力を信じているからこそのお願いだ。普通の人にお願いなんてした日には、その場で頭を疑われるだろう。

四体の敵全体を攻撃する。少なくとも一体はすげえ速度で動くということを鑑みると、かなり広範囲に仕掛けなければならないだろう。相当難しいことだ。

「できるか？」

「……やってみる！」

「……分かりました！」

しかし、彼女たちならイエスと言ってくれると信じていた。なぜなら彼女たちは、俺と一緒で無茶をする性格だからだ。まだまだパーティーを組んで日が浅いけれど、彼女たちのことを多く知ってきたつもりである。こっちは長年生きてきたんだ。人を見る目だけには自信がある。こいつらは俺が見る限り、無茶をしても問題ないタイプだ。なんなら、自らそれを望む傾向があったりする。

「よーし！　魔法、やっちゃうよ！」

「わたしも！」

エリサが杖（つえ）を空高く掲げると、大きな魔法陣が浮かび上がってくる。ユイの手に握られている矢は緑色に光り輝き、何本にも増えていた。見た限り、多分無茶をしている。が――無理じゃない。不可能じゃない範囲の無茶だ。いや、無茶という言い方が悪いかもしれない。

チャレンジしている、という表現が近い。己が持つ能力を最大まで発揮しようとしている。

「《多重火球》!!」

「《翡翠（ひすい）の雨》!!」

彼女たちの声が重なる。同時に、二人の攻撃がデスバードに降り注いだ。炎と翡翠が草原に広がる。まさに雨のようだ。

「三体撃破、か。残り一体！　ナイスだ二人とも！」

「うわぁ……」

「こんなのできるんですね……」

「いや、自分で自分に対してドン引きしてどうすんだよ」

二人は自分が発動した技に困惑している様子だった。手のひらを見て、お互いの顔を見てを交互に繰り返している。まあ、無理もないか。自分の限界にチャレンジして、なんか乗り越えれたらそりゃびっくりする。というか、なんとなく——気合いで乗り越えられる時点でこいつら化け物だな。

俺を化け物だなんて言うくせに、自分たちの方がすげえじゃねえか。

「二人とも、とりあえず自分たちの力に自信を持ってくれ！　んで、こっからは俺に任せろ！」

「わ、分かった！」

「お願いします！」

二人の肩を叩いた後、一歩前に出る。拳をポキポキと鳴らしながら、デスバードへと歩いていく。

「さて。お前は魔法や貫通ダメージが無効だったわけだ」

ふわふわと浮いているデスバードは心なしか狼狽えているように見えた。まあ、この特殊個体には恐らく意識なんてないが。

とはいえ。

それらの攻撃が無効だった相手に対して、有効な攻撃方法。

「さすがに無敵……なんて技はできないだろうしよ」

ぐっと腕を引き、相手を見据える。

「一発殴らせてもらうぞ！」

残された選択肢は物理攻撃だ。俺は躊躇せず残り一体のデスバードに攻撃を与える。デスバードの顔面が歪み、地面に激突する。土煙を上げながら吹き飛んでいき、最後には消滅した。

「討伐完了っと」

息をついて、拳を払う。

「さっすが！」

「かっこよかったです！」

「あまり褒めないでくれ。オッサンは褒められるのには慣れていないんだ」

抱きついてきた二人の頭に手を置く。まったく、この子たちは相変わらず距離感がバグっているよな。

俺みたいなオッサンにこんなベタベタする女の子なんて、そうそういない。万が一いたら犯罪の匂いしかしないしな。まあ……この二人は無自覚ってのを知ってるから俺は別にいいんだけど。

「二人もナイスファイトだった。前より強くなったんじゃないか？」

「へへ！　多少は強くなったかもね！」

「ですです！　わたしたちも成長しますので！」

「いいことだ。オッサン嬉しいよ」

俺のおかげ……なんて大層なことは言えないけれど、少しでも自分が二人の成長に役立ったのなら嬉しい。この子たちにとって、何かのキッカケになるくらいでオッサンは十分だ。

……まあ、キッカケというのがいちいち物騒なものばかりだけれど。

「よし、それじゃあ馬車に戻ろう。御者さんを待たせるわけにはいかないからな」

「そうですね！　安心してもらわないと！」

「ですです！」

俺たちはそう言いながら、くるりと踵を返し、馬車が止まっていた方向へと向いた。

「あれ？」

「え、ええ？」

しかし、俺たちが向いた方向に馬車は止まっていなかった。少し勘違いしたかもと思い、周囲を見渡した。が、どこにも馬車の姿がない。

「……っ！」

慌てて調べると、馬車が止まっていたであろう跡を見つけた。急いで駆け寄り、跡を注視する。

……動いていない。ここから動いた痕跡が全く残っていない。

「これ、やられたかもな」

御者さんが怯えて逃げたというのも考えたが、それは違う。なぜなら、馬車は間違いなくここに止まっていて。そして、ここから動いていないからだ。

「御者さん……なんて言ってたっけ」

「ええ？　なんのこと？」

「あれだよ。デスバードがどうやって現れたかって」

尋ねると、エリサが慌てて答えた。

「最初からいたんじゃなくて、突然現れたって言ってたよ？」

何もなかったところに、突然現れた……か。もしも一部の魔族が自分の思い通り、好きなところにワープできると仮定すれば、だが。そんな馬鹿げた能力を持っているとするならば。

「多分、御者さんは襲撃された」

「え？　ということは、御者さん、私たちのせいで」

「わたしたちが……」

「エリサ。ユイ。俺たちができることはたった一つだけだ」

動揺し始めている二人の気配を察する。ダメだ。ここで精神を持っていかれたら、すべてが破壊される。ヴォルガンが設置した罠に、見事ハマって俺たちは泥沼状態になってしまう。

だから俺は二人に声をかける。

「何度も言っていると思うが、これは遊びじゃない。楽しみながら、ワクワクしながら、そんな仕事じゃないんだ」

冒険者という職業はキラキラとして見える。特に、彼女たちにとって冒険者というものはキラキラと輝いて見えていたことだろう。覚悟をしていた、と聞いている。それはもちろん俺は信用している。けれど、彼女たちは未熟な部分が多い。

なんせ、最近まで冒険者ランクは低かった。勇者を目指していると聞いていたが、『勇者がどんな仕事をしているか』なんて知らないだろう。だって、冒険者のトップ。それが勇者だ。

多分彼女たちは想像しきれていないのだろう。勇者の仕事というものを。人が死ぬなんてことは、よくあることなんだ。

だから。

「人が死ぬ。仲間が死ぬ。そんなことが起こった時、俺たちができることはな」

俺は彼女たちの肩を叩く。

「彼らの遺志を継ぐことだ。だから、ここで止まるわけにはいかない」

遺志を継ぎ、そして成し遂げる。これが俺たちにできる、ただ一つのことなのだ。

「……うん。分かったよ」

「分かりました。御者さんの敵(かたき)は絶対に討ちます」

「大丈夫そうだな。よし」

俺だって、正直心臓はバクバクしている。こんな仕事なんて、一切したことがない。下手をしなくても、国家を背負うような仕事なんて。でも俺が緊張して、ダメダメになったら誰が彼女たちを引っ張るんだ。オッサンは歳を食っている分、引っ張ってやらなきゃいけないんだ。

「エネル草原には入れたわけだ。問題は地下洞窟へ向かう道だが」

俺はこめかみを押さえて、嘆息する。

「地図は……持っていかれたな。だいたいの道は覚えているが……」

若干不安な側面もあるのは事実だ。こういう時こそ、正確な情報に頼りたくなるのは人間の性だろう。それは俺だって同じだ。正確な情報がないと、不安にはなる。

「あの……わたし、ええと」

「どうしたユイ？」

「こういう時は自信を持つべきですよね。わたし、地図の内容は全部覚えています」

「マジで!?」

「……マジか」

俺とエリサは思わず驚いてしまう。確かユイはリリット村に向かう時も案内を担当していたか。

「わたし、記憶力には自信があるんです。観るのが得意と言うべきでしょうか」

なるほど。観るのが極めて得意な人間がたまにいる。俺も生きてて数回会ったことがあったが、まさかユイがそのタイプだったとは。しかし、ありがたいことだ。

「すまないが案内、頼めるか。俺もユイには劣るだろうが、ある程度覚えているから補助くらいはできるはずだ」

「はい。任せてください」

エネル草原は立地上、村や町は存在しない。一つくらいあってもおかしくはないと思う者もいるかもしれないが、本当に存在しないのだ。理由としては単純で、何もないからだ。

人間が住むにはある程度条件がある。水や食料、動物や土地。全部が必要とは言わないが、どれか一つ欠けているだけで生きづらくなる。欠けている土地にはどこにも居場所がなかった人間が集まったりするが、それすらもいない。いや、厳密にはいる。ただ、いるのは強力な魔物だけだ。

「やっぱりエネル草原に本格的に入ると魔物も多くなるな……」

俺はワンパンで倒した魔物を、嘆息しながら見据える。こいつはヴォルガンに操られてはいない。

普通の魔物だけれど、かなり上位種だ。

「普通の魔物って感じで見てるけど、普通の冒険者じゃ倒せないからね」

「わたしたちはカイルさんにもう慣れましたけどね」

「「ねぇ～」」

二人は目を見合わせて、声を出す。

そんなことを言いながらも、二人は二人で魔物を倒しているのだからよく言ったものだ。

「俺はユニークスキルがすごいだけだからな」

嘆息しながら立ち上がり、エリサたちを見る。

「そうは言うけど、二人は成長したよな」

尋ねると、二人は不思議そうに小首を傾げる。

「カイルのおかげだよ」

「ですです」

「嬉しいよ」

二人が目指している地位は極めて高いものだ。だからこそ、こうやって成長を感じることができて嬉しく思う。

「まったく……魔物も少しは休んでくれたらいいのにな」

俺たちは休憩を取るため、一時的に簡単な拠点を作っていた。今は交代で拠点付近の見回りをしている形である。

俺はある程度無茶をしても、多少はどうにかなったりする。そのため、彼女たちには自分より多めに睡眠時間を確保してもらうことにした。案の定割合が合ってないと反発されたが、無理やり言いくるめた。改めて、長生きしたぶん口だけは達者になったなと思う。

口だけ達者になっても、ってところだが俺はまだそんなオッサンよりかはマシだと自分に言い聞かせている。なんせ、まだまだ現役なのだ。口だけのオッサンたちはもう既に現役から退いている。

それはそうと。

「やっぱ夜型の魔物は強めのやつが多いな」

時間は分からない。ただ、暗くなってそこまで経ってないから十九時や二十時頃な気がする。日が沈んで間もないというのに、強めの魔物が出現し始めた。エリサの魔法によって明かりは確保できているが、それでも俺一人じゃ精神的にキツい。

「そい」

まあ……精神的にキツいだけで、基本的にはワンパンなんだけど。この体には慣れたが、やっぱり誰かと一緒に行動していると自分の体のおかしさがはっきりと分かってくる。

やっぱおかしいよ、魔物をワンパンとか。ただ、誰かを守れる力を手に入れたという意味ではよかったと思う。この力のおかげで、今俺は生きている。生かされているのだから。

「ああ?」

ふと、茂みに目がいく。今一瞬、何かが見えた気がしたのだ。一瞬すぎて、認識する前にどっか行ってしまったけれど。

「なんだったんだ?」

俺は念のため何かが見えた場所まで行き、周辺を観察してみた。が、特に何も見当たらない。

何か痕跡でもあるんじゃないかと思ったけれど、何もなかった。

「気のせい、か――」

嘆息しようとした瞬間のことだった。背後から何か、猛烈な熱さを持つ物体が迫ってきたのは。

咄嗟(とっさ)に剣を引き抜き、飛んできた何かを斬り落とす。久々に剣を使ったなんて思いつつ、俺は武器を構える。

「なんだぁ……あれは」

何かが明滅しているように見えた。エリサが用意してくれた明かりから離れてしまっているため、あまり見えない。森の奥だ。俺は息を呑(の)み、奥へと進んでいく。明かりはいよいよ届かなくなってきた。あるのは、目の前にある明滅する何かのみ。

「これは……」

俺は右手で明滅する何かに触れようとする。

その刹那。

「なっ――」

一気に引き込まれた。抗おうとするが、気が抜けていたため一気に持っていかれる。

『見つけた』

「は、はあ？」

そんな声が聞こえたかと思うと、明滅する何かが霧散していった。さながら闇に溶けるようにも見えた。……なんだったんだ。今の声、誰なんだ。

『アアアアア……』

「ちょっと待てよ!?」

考えようとした瞬間に、隣から攻撃される。回避行動を取るが、間に合わずに攻撃を喰らってしまう。別に問題はない。問題はないが。

「ケンタウルスか……珍しい魔物じゃねえかよ」

目の前には強靭な肉体を持った、魔物の姿があった。

「それも特殊個体。そろそろ慣れてきた頃合いだが、こいつと戦うのは初めてだな」

俺は近くにあった大きめの木の枝を持ち、本当に軽くファイアを撃ち込む。

めらめらと燃え始めたら、燃え移らないところに投げる。ここからエリサたちとは多少距離がある。あまり時間をかけて、エリサたちに万が一のことがあったらダメだ。

「速攻、だな」

ぐっと拳を握り、目の前のケンタウルスを見据える。

「力比べだ。木偶の坊」

「珍しい魔物を見ると興奮しちまうのは、完全な職業病だな」

俺は目の前にいるケンタウルスを眺めて、にやりと笑った。拳をぎゅっと握り、相手を見据える。

「まあ、事が事だからあんまり笑えないんだけども」

他の特殊個体と同様、相変わらず意思が感じられない。最初こそ不気味だと思っていたけれど、この惨状だと少しばかり同情してしまう。魔物とはいえ、こんなことに利用されるのは不本意だろう。

「俺が対応可能な個体であってくれよ……！」

地面を蹴り、相手の懐へと駆けていく。油断は絶対にしない。間違いなく、確実に。相手へと攻撃を打ち込む。放たれた拳はケンタウルスの腹へ直撃し、衝撃が走る。空間が震え、轟音が響く。

「よっと」

相手は衝撃に耐えることができず、思い切り後方へと吹き飛んでいく。地面を抉りながら目の前の木々にぶつかった。土煙が上がり、視界が塞がる。

「ちょっとやりすぎたかな」

かなりの音だったから、エリサたちを起こしてしまったかもしれない。まあ、こんなに音を立てるのに走ってこないってことは起きていない。もしくは「カイルさんやってるな〜」的な感じでスルーされたのだろう。今の彼女たちなら、それくらいの肝は据わっている。

「さて……」

俺は手のひらをパンと叩き、正面を見据える。そして、はあと息を吐いた。相手は無傷だ。まったく、物理耐性を持っている特殊個体ばかりじゃないか。まあ確かに基本的な攻撃は物理系が多いから、それに特化するのは分かるけども。これじゃあ俺の個性が消えちまうじゃないか。

ともあれ、別に自分の個性なんざ興味はないが。

『グギギギギ……』

ケンタウルスは起き上がり、俺の方をじっと見る。次の瞬間には己の手のひらに大剣を握り、こちらに向けていた。刃渡り、およそ数メートル。あんなものに当たったら、即、体は真っ二つだ。

「……面倒くさそうだなぁ」

嘆息しながら、俺は剣を引き抜く。

「自ら剣を生み出すか。人間や魔族ならできる奴はいるが、魔物でできる奴なんて見たことないな」

つまり――特殊能力というわけだ。相手は特殊能力持ち。面倒だが、仕方がない。

ともあれ攻撃方法が分かるだけマシってものだ。

「そっちが剣技でくるなら、俺も剣技でいかないとな」

構え、そして相手を見据える。あいつと比べると、俺が持っている剣なんて短剣だ。

なんならナイフにも見えるかもしれない。それほどまでの差がある。俺の持ってる剣……もつかなぁ。物理で解決できるようになってから、剣にはこだわらなくなったし。

下手すれば一発で折れちまうかもな。

『グギャァァア!!!!』

ケンタウルスがこちらにめがけて突進してくる。

その刹那。

俺はふと思いついた。基本的にだが、大抵の冒険者は簡単なバフ魔法くらいなら扱えることが多い。もちろん専門の人たちには劣るが、多少は役に立つ。俺も例外ではない。こんだけ長く冒険者をやっているんだ。簡単なバフ魔法くらいなら扱える。

「ほいっ!」

ケンタウルスの攻撃を地面を滑る形で回避し、剣に手を当てる。

「《耐久強化微少》!」

俺が使えるバフ魔法は、《微少》レベルのみである。しかしながら、その言い方は間違っているかもしれない。

自分で言うのもなんだが、俺のステータスはバグっている。一般の冒険者とは違って、比較すると化け物レベルだ。そんな化け物レベルの《微少》。普通と比較すれば、《微少》すらも化け物クラスになる。

「おお……我ながら高耐久なものになった気がするな」

自分の剣をちらりと眺め、くすりと笑う。良い具合になったかもしれない。

これなら……ワンチャンいけるか。

『アアアアア』

こちらに顔を向けるケンタウルス。剣を構え、すぐに攻撃態勢に入る。

「やってみっか」

大剣VS化け物耐久のナイフとの対決だ。

「お前と俺の剣、どっちが強いか力比べでもしようじゃないか」

自分が持っている剣はやはり、相手のものと比較すると小さすぎる。こんなちっぽけな剣じゃあ、やっぱり格好が悪い気もする。けれど、そんな格好の悪い剣で立ち向かうってのが燃える。俺は漫画をよく読むが、特に好きな少年漫画はそんな展開が多い。

オッサン、少し興奮しちゃってるぜ。

「おらっ！」

大剣と短剣がぶつかり合う。衝撃波が走り、木々は大きく揺れ、土煙が宙に舞う。耳をつんざくような音が轟(とどろ)き、普通の剣なら簡単に折れていた状況だろう。

「無傷……か！」

だが、俺の剣はヒビ一つ入っていなかった。やはりバフは成功していたらしい。剣を両手で握り、相手へと体重をかける。

「吹き飛べ……！」

相手は自分より何倍も体格がいい。並大抵の力じゃ、普通に押し負ける。

けれど、俺は押し負けない。なぜなら、強いオッサンだからだ。

『ア゙ア゙ア゙ア゙ア゙ア゙――!?』

ケンタウルスは大きくバランスを崩し、足を後ろに引く。その瞬間を見逃さなかった。思い切り、剣を振るう。ただそれだけのことだが、それだけのことが効果的だった。相手はどうすることもできずに頽れ、地面を転がった。しかし強力な魔物というだけあって、隙は少ない。

自分のピンチを察して、すぐさま俺に向かって剣を投げようとする。正面からやりあっても勝てないと判断したからだろう。だからこそ、卑怯な真似で俺に勝とうとしているわけだ。

面白い。

魔物とはいえ、レベルが高い。

だが無意味だ。

「んなもん俺は読めているっつうの」

俺は剣を構え、飛んできた大剣を叩き斬る。ナイフレベルの短剣が簡単に大剣を斬り落とした。もしもこれが闘技場で、多くの観客が見ていたら熱狂の嵐だっただろう。

「斬撃弱点であってくれよ!!」

ぐっと足に力を込めて、地面を蹴る。一気に距離を詰め、そして一閃。確かな感触。

ふうと息をつき、振り返ると魔物の討伐は成功していた。

「よし……」

汗を拭い、拳を握りしめる。一時の勝利を喜びつつ、しかしながら俺は疑問に思う。

「しかし、なんだったんだ。俺を引き込もうとしてきた声は」

改めて考えると奇妙である。それにあの声がした瞬間に魔物が出てきた。それも特殊個体がだ。

「嫌な予感がするな。もしかしなくても……バレている、かもな」

俺たちが動いているのを、ヴォルガンは把握している。その可能性は大いにある。とどのつまり、相手は俺たちが攻めてきていることを知っているわけだ。

「面倒な戦いになりそうだな。少なくとも、苦戦は強いられるかもしれない」

額に手を当て、俺はため息をついた。

◇◇◇

「……朝か」

俺は眠たい目を擦（こす）りながら、ぐっと伸びをする。特殊個体の魔物と戦闘した後は、エリサたちに代わってもらって爆睡していた。ある程度情報は共有しておこうと思ったのだが、あまりの眠さに耐えられなかったらしい。同時に、「あの二人は大丈夫だろうか」という不安に駆られて慌てて起き上がった。

「日が見えてきた頃合いに交代したから、そこまで危険な魔物はいなかっただろうが……」

俺は冷や汗をかきながら、周囲を見渡す。

「あ。起きた！」

「おはようございます！」

そんな声がしたと同時に、ふうと一安心する。彼女たち二人はパタパタとこちらに駆けてきて、腰に手を当てた。

「眠れた？　もうちょっと早く起こしてくれたらよかったのにさ」

「そうです。わたし、交代する時すごく心配でした」

「心配かけてすまないな。俺は大丈夫だよ」

とりあえず二人が無事だったことを喜ぼう。問題なく、朝を迎えることができた。

「二人こそ大丈夫だったか？　何か変なこととかなかったか？」

「変なことは特になかったかな。特殊個体じゃなくて、普通の魔物しか出なかったし」

「ですね。特に問題はなかったです」

「そうか。……とりあえずあれだな。地下洞窟へ向かう前に情報共有をしておきたい」

俺は近くの木に背中を預けて、嘆息する。

「夜中。なんか変な現象——人物って言っていいのかな。とにかく変なのと遭遇した」

「変なの？」

「変なの……というのは？」

二人は小首を傾げる。具体的に言ってくれと問われてもなかなか難しいのだけれど。

「明滅する何かに体を引き込まれて『見つけた』だとか言われた」

「……ん？」

「……ええと？」

「だよなぁ」

予想通りの反応である。俺だってこんな話を突然されたら首を傾げる。

なんなら「この人、大丈夫かな……」って心配になる自信もある。

「詳しいことは俺も分かってないから説明はできない。とはいえ、これが俺の妄想だったりするわけではない……って言っても信じてくれるか？」

若干不安になりながらも尋ねる。めっちゃ自信ない。

「もちろん信じるわよ！　カイルが嘘をつくわけがないじゃんね！」

「そうです！」

「二人とも……！」

半ば感動してしまう。こんなオッサンの意味不明な発言を信用してくれるだなんて。

「とはいえ……不気味ですね。なにか嫌な予感がします」

「俺もだ。まあ、警戒しておいて損はないだろう」

そう言って、腰についている埃を払う。

「地下洞窟に向かおう。ここでじっとしていても何も始まらない。すべてはヴォルガンに会えば分かるし解決することだ」

「そうだね。行こう」

「行きましょう」

◇◇◇

「なあユイ。地下洞窟の入り口って、あそこで間違いないか」

どうにか地下洞窟前へ走ってきたわけだが、どうにも目を疑う光景がそこに広がっていた。

「……間違いないです。でも、あれって……」

「なにあれ……空間が、歪んでる」

俺たちの目の前には、洞窟の入り口――ではなかった。入り口は大きく歪み、変な光に包まれていた。明らかに触れてはいけないものだ。

「ちょっと待ってろ」

そう言って、足元に転がっていた小石を握る。ぐっと構え、捻れた空間に向かって石を投げた。

刹那、歪な音とともに石が割れて四散した。

「あら……」

これはあれだ。本当に触っちゃだめなタイプのあれだ。

「あんま異空間って想像できなかったけど、こんな感じなのか」

イリエさんが言っていた、異空間という単語。なんとなくは理解していたけど、見たことはなかった。今回初めて目にしたのだが、まさかこんなにも恐ろしいものだったとは。

「これじゃあ誰も近づけないわね」

「ですね」

「しっかり、防犯対策はしているわけだ」

嘆息しながら、腰に手を当てる。

「どうするの？」

「どうしますか？」

二人がこちらに尋ねてきた。そうだった。彼女たちは知らなかったな。俺はイリエさんから貰った宝石を取り出して二人に見せた。

「これがあれば、ヴォルガンがいる異空間に入れるはずなんだ」

「この宝石で？」

「本当ですか？」

二人は信じられないといった様子だった。あの異空間を見るまでは自信があったが、今は俺も若干不安な部分がある。が、やってみるしかない。

「エリサたちは離れててくれ。ちょっとやってみる」

「ええ！　大丈夫!?」

「無茶はしないでくださいね!?」

「大丈夫大丈夫」

言って、俺は歪んだ空間に近づく。へへ……すげえ。ちょっとでも力を抜けば、吸い込まれちまいそうだ。嫌な汗をかきながら歩き、閉ざされた入り口の前に立つ。

「んで、どうすれば行けるんだ――」

疑問に思いながら宝石に触れた刹那――。キラリと宝石が輝く。泡沫のように淡い光を見せ、俺の手のひらで膨れ上がる。静かに光が収束していったかと思うと、宝石は一つのカギへと変化していた。そして、歪んだ空間がさらに歪み、果てには小さな鍵穴を形成してみせた。

「……マジか」

俺は半ば驚きながらカギを眺める。

「この宝石どうなってんだ……？　こういう風に変化する物質なんて見たことがない」

俺はカギに変化した宝石をまじまじと見つめる。不思議な装飾が施されたカギだ。どことなくファンタジー感がある。

「鍵穴……だよな。これ」

俺は目の前に現れた鍵穴らしきものに目を向ける。本当にこれでどうにかなったりするのか？　正直、信じることができないんだけど。

「って――うおお!?」

考え込んでいると、唐突に手に持っていたカギが暴れだした。生き物のように勝手に動き、俺の腕を鍵穴へと誘導する。

「待て待て待て！　ちょっと待ってくれ！」

心の準備ができていない。万が一事故が発生したら、エリサたちが心配だ。二人だけじゃ危険すぎる。それに、俺もこんなところで死ぬわけにはいかない。

「うおおお!?」

ガチャリ。そう音を立てて、鍵穴にカギがはめ込まれる。恐る恐る目を開けてみるが、何も起こらない。俺の腕が異空間に飲まれて抉られたりだとか、そんなことは発生していない。

「……ひねろってことか？」

空いている左手をカギに添えて、そっとひねってみる。すると、目の前に存在していた歪んだ空間が膨張したかと思うと、一瞬にして霧散した。強烈な光が発せられ、思わず目を閉じてしまう。

「扉か」

そこには、巨大な扉が佇んでいた。さっきまで存在しなかったものだ。扉を開けて覗き込んでみると、普通に地下洞窟へと続く道があった。つまりは、この扉は何もないところに『扉』単体で佇んでいるわけだ。

「明らかに変な場所に繫がってそうなやつだな」

「カイル！　今のすごかったね!?」

「なんかバアアアッって！　やばかったです！」

二人が半ば興奮した様子で駆け寄ってきた。心配というより、興奮が勝ってしまっているらしい。

その様子に思わず苦笑してしまう。

「俺も恐ろしかった。まあこれで、目的の場所へ行けそうだ」

扉をタンと叩き、ふうと息をつく。

「この先に、ヴォルガンがいるのかな？」

「さあな。でも、何かはあるだろう」

なんせ、イリエさんに渡された宝石が導き出した場所なんだから。さっきまでカギの形に変化していた宝石は、気がついた時には元の状態に戻っていた。まったく、不思議なものだ。

「心の準備はできたか？　こっから先は本当に何が起こるか分からない」

なんせ空間が歪むほどの現象が発生していたのだ。その中に入るとなると、自分たちの常識は通用しないかもしれない。

「大丈夫。できてるわ」

「わたしも問題ありません」

「よーし。俺もだ。んじゃ、行こう」

俺はそう言って、扉を開いた。

「なんだこれ……大量の本だ……」

「全部難しそうなのばかりだね……魔術書、かな？」

「色々な言語の本が入り交じってますね……」

中に入ると、大量の本が並べられている書庫に繋がっていた。恐らく魔術書らしきものが床にも散らばっている。ユイが言っている通り様々な言語が交じっているから、あまり教養のないオッサンには解読できない。

「これ、全部ヴォルガンのものなのか？」

そう言って、俺が床に落ちている本に触れようとした刹那。

「っ――!?」

何か――恐らく魔法なのだろうが、手の甲で闇色の魔法陣が生成されたかと思うと、一瞬にして本が消えた。

何が起きたんだと周囲を見回す。すると、書庫の奥、本棚と本棚の間に揺れ動く闇を捉えた。

「ようこそ、待っていたぞ。カイル」

「誰だ……！　エリサ！　ユイ！　構えろ！」

「わ、分かった！」

「はい……！」

俺は荒くなる息を整えながら、拳を構える。目の前で動く闇をじっと眺めていると、次第に人の形へと変化していく。ゆっくりと体が生成されてきた。

「お前は……ヴォルガンか……！」

「ご名答。実に会いたかった。しかし本が気になるか？」

言いながら、ヴォルガンは手に先ほどまで俺が持っていた本を握っていた。そしてコンコンと本の角を叩いたかと思うと、さながら手品のように一瞬にして消した。

「さっきの本はオレの大切なものの一つでな。図鑑、魔術、哲学、解剖学、言語学、あらゆる知識がこの部屋にある本には詰まっている」

「そうかよ」

黒いフードを深く被った青年。顔はあまり見えない。ただ、うっすらとグレーの髪が見えた。人間にはいない髪色——恐らく魔族特有のものだろう。

時折見える手の色から、肌は俺たちに近しい色をしている。が、あまり健康そうには見えない。ただ筋肉質なのは間違いないから、恐らくこれも種族の差だろう。

「知識は宝だ。知識はオレを導いてくれる。知識はオレを押し上げてくれる」

腕を広げ、どこからか漏れている光を彼は見据える。

「知識がない者は目の前にある透明な液体が毒かどうか分からない。知識がない者は効率的なエネルギーの使い方を知らない。知識がない者は己が間違った道を進んでいることに気がつかない。しかし、知識がある者はそれらを回避することができる」

「へぇ。確かに知識は素晴らしいと思う。でもあんたがやってきたことは間違っているよ」

「ふん。いいことを言うな。さすがはカイルだ。実にオレと似ている」

「……あ、あんたがカイルと同じなわけがないじゃない！」

「そうです！　あなたは間違ったことをしています！」

俺たちは口を揃えて、ヴォルガンが言っていることを否定する。一体こいつは何を言いたいんだ。俺とこいつが似ている？　確かに知識は力になると思うが、こいつがやろうとしていることに俺は一切賛同なんかしていない。

こいつと性格が似ているだなんて全く思っていない。

「だからこそ試したい。オレと本当に同じなのか。オレと釣り合うのか」

「お前、何言ってんだ！　ちょっとばかし言っていることが分からないんだが！」

一体こいつは何を考えているんだ。想像ができない、未知数だ。だからこそ気味が悪くて、俺は身構えてしまう。エリサたちも同じなようで、武器を持つ手に力が入っている様子だった。

「だから試すんだよ。お前たちを」

ヴォルガンが低い声で答えたかと思うと、彼の隣に闇色のオーラが漂う。

「おいおい……マジかよ……」

闇色のオーラは次第に巨大な竜の形へと変化していく。赤く光る目が闇から漏れ、巨大な体躯がオーラの合間から出てくる。

ワイバーンだ。俺よりも圧倒的に大きい巨大な体が目の前に現れる。

「お前の実力を見せてくれ」

「ヴォルガン!!」

相手との距離はかなりある。しかも今はワイバーンが目の前にいる。ここでヴォルガンに逃げられたらすべてがお終いだ。

咄嗟に剣を引き抜き、ヴォルガンの方へと投げようとする。

「つ——!?」

「残念だな」

ガキン、と金属音が響いた。同時に手のひらにじわじわと痛みが広がってくる。どうにか痛みを堪えながら前を向こうとすると、そこにはワイバーンの巨大な歯があった。

鋭い歯で剣を噛みちぎりやがった。

俺の咄嗟の行動であったが、相手には完全に読まれていたらしい。

「最悪だ……!」

真っ二つに折れた剣をその場に捨てて、拳を構える。昔からお世話になっていた剣だったのだが、どうやらここでお別れらしい。少し息をついて、ワイバーンを見据える。

ワイバーンはバリバリと剣を噛み砕いた後、ヴォルガンの前に立った。

「安心しろ。逃げはしない、だが少しだけお別れだ」

そう言いながら、ワイバーンの隣に移動してこちらを見据えてくる。

ゆっくりと手を上げたかと思うと、

「お前の実力が見たいのだから」

そう言って手を振り下ろすと同時に、ワイバーンが攻撃を仕掛けてきた。炎のブレスである。俺は咄嗟にバックステップをして距離を取り、エリサたちの前に立つ。

「エリサ、ユイ！　支援を頼む！」

「分かってる！」

「了解しました！」

杖（つえ）と弓矢を構えた二人は一斉にワイバーンに攻撃を開始する。エリサは炎を、ユイは魔力が付与された強力な矢を。相手は恐らくSランク相当の魔物ではある——が、今の彼女たちなら無理な相手ではない。

俺はワイバーンに降り注ぐ攻撃を確認した後、周囲を確認する。

「クソ……マジでいないな……」

見回すが、どこにもヴォルガンはいない。あの一瞬でどこかに移動したのか？　となると、恐らくあいつが使ったのは空間転移系の魔法。極めてレベルが高く、賢者相当の実力がないと扱えないものだ。まあ魔王軍幹部なのだから、扱えて当然か。

しかし厄介だ。ここまで来たのに逃げられたら元も子もない。こんなところで逃すわけにはいかないんだ。

『安心しろ。オレは逃げていない』

「っ……!?」

どこからともなく、ヴォルガンの声が聞こえてくる。咄嗟に俺は拳を構え、攻撃態勢に入る——がどこにもあいつの姿が見当たらない。確かに声は近くで聞こえたはずなのだが、姿は見えない。

恐らく声の距離からして五メートル以内の極めて近くにいるはずなんだが。

「本棚の裏……にはいないか」

俺は本棚に背中を預けながら、近辺を探る。

が、あいつの姿は見えない。

『そこにはいない。どこにもいない。オレはある程度魔法が使えてね』

「どこだ！」

『察していると思うが、空間転移系の魔法を使うことができる。それを少し工夫——分かりやすく言えば現実世界と異空間の狭間に身を隠している。まああれだ。ここに来るまでにお前が見た、例の異空間の応用と思ってくれ』

なんだよそれ。つまり現実世界とはまた違った場所にいるってことかよ。

あまりにも反則技がすぎる。こんなの卑怯にもほどがある。

俺は嘆息し、少しだけ息を吸う。動揺しすぎてはいけない。冷静になれ。確かにこいつは俺ではどうにもならない場所に身を隠している。今は俺に攻撃しようとしてきてはいないが、やろうと思えば不意打ちをすることだって可能かもしれない。

だが、恐らくあいつはしてこないだろう。話を聞いている感じ、そんな姑息な真似をする相手じゃない。なんせあいつは俺たちを傍観する姿勢でいるのだ。あくまで見下す姿勢なのだから、そんなことをするとは思えない。

「とにかく今はワイバーンをどうにかしなきゃならねえってことだな！」

俺は踵を返し、ワイバーンの方へと駆ける。いつの間にか大量にあった本は姿を消していた。今は空の本棚しかない。本が好きだと言っていたから、どこかに避難させているのだろう。

まったく……人間くさい奴だ。

『その顔、その表情。やはりお前はオレと同じだ』

俺はどこからか語りかけてくるヴォルガンを無視し、目の前のワイバーン討伐に集中する。床を蹴り、一気に敵へと距離を詰めていく。

「エリサ！　ユイ！　大丈夫そうか！」

「カイル！　だ、大丈夫ではあるんだけどなかなか決定打にはなってない感じ……かな」

「手伝ってくれると嬉しいです！」

「任せろ！」

二人に手を振った後、ワイバーンに向かって体を加速させる。相手は俺が攻撃を仕掛けてくるのを察したのか、何度もブレスを放ってきた。だが、その程度じゃ足止めはできない。

「はぁ！」

ブレスを拳で殴り飛ばし、無力化していく。

そのまま床を踏みつけて跳躍し、相手の額に向かって拳を放った。刹那、衝撃波が周囲に轟く。

ワイバーンはよろめきながら近くにあった本棚へと体を倒す。埃が宙に舞い、棚は崩壊した。

「ふぅ……ひとまず大丈夫か」

「さっすがカイル！」

「頼りになります！」

二人は安心したのか、満面の笑みでこちらに駆け寄ってきた。見た感じどこも怪我はしてなさそうだな。とりあえず問題なくワイバーンを倒すことができてよかった。

「さて、ヴォルガンの野郎はどこだ？」

俺はゆっくりとワイバーンに近づき、状態を確認しながらヴォルガンの様子を探ろうとする。だが、ヴォルガンは一切現れる気配がなかった。

『さすがだ、カイル。やはりお前はオレと同じで英雄になる男だ』

どこからともなく聞こえてきた声に、思わず俺は変な声が漏れ出てしまった。『オレと同じ英雄になる男』だって……？　一瞬理解が追いつかなくて、頭の中が真っ白になってしまう。

「ふざけるな。お前は人を殺した。……イリエを、魔族を巻き込んだ。これのどこが英雄のすることだよ」

『お前は人類が死ぬのを悲しみ、魔族が苦しむのを嘆いた。やっぱりお前はオレと同じだ』

「同じって……どこがだよ」

『世界平和を望んでいるということだよ。少しだけ語らせてくれ。オレはさ、お前と同じで無能だった。平凡だった』

ヴォルガンと、同じ……。いや、納得がいかない。確かに俺は凡人だった。あまりにも無能で役に立たなくて追放された。けれど、こいつとは違う。

絶対に。

『だから努力をした。死ぬほど努力をした。血の滲むような努力をした。結果、オレは世界を平和にする力を手に入れたのだよ。素晴らしいとは思わないか？』

「何がだ」

『主人公らしい――まさに英雄らしいとは思わないか？「凡人」「平凡」「努力」、それらをオレは英雄になるための必須条件だと思っている』

主人公らしい、か。生憎と俺は納得ができなかった。こいつがやってきたことは主人公とはかけ離れているものだ。都合良く人間を殺し、なのにそれに対して何も思わない冷酷さ。そこら辺の悪党よりも悪だ――俺は人にノーと突きつけるほど偉い人間ではないが、こいつにだけは言える。

ヴォルガンは主人公じゃない、ただの悪だ。

『主人公は――英雄は凡人であるべきだからね。だがね。だが。だが!!　オレの努力を、オレの考えを、オレの力を、魔王の野郎は認めなかった!!』

突然声を荒らげるヴォルガン。言葉の端々から、怒りの感情を簡単に受け取ることができた。声は若干震えていて、息も荒くなっている。

『だからオレは勝手にやることにした。オレが手に入れた「魔物や魔族を自由に弄れる」能力を駆使して、最後には魔王をぶっ殺してオレが真の平和を掴む。英雄になるのだよ』

「分かった。お前の荒唐無稽な話は一度、俺の中で飲み込んでやる。その上で質問だ」

そう言って、俺は息をつく。

「人が死に、魔族が苦しんだとして。それで手に入れたものをお前は平和だって言うのか」

『ならば逆に聞こう。お前は誰の犠牲も払わずに平和を手に入れることができると思っているのか？』

「……それは」

言い淀むと、ヴォルガンはくつくつと笑う。

『分かっているじゃないか。心の中で、理解しているじゃないか』

どこか満足したような声音だった。俺は拳をぎゅっと握る。少しでも言い淀んでしまって、彼を満足げに笑わせてしまったのが、人生最大の汚点のように思えて苦しい。

俺は……違う。そりゃ平和ってのは難しい。

だけど、それでも。こいつが言っている平和のあり方は間違っている。

『やはりお前とは近いものを感じる。きっと、お前とオレは友人になるために生まれたんだ』

手を差し伸べてくるような優しい声で、

『英雄は平凡であるべきだ。凡人であるべきだ。そして努力をし、そこから抜け出すものだ。君はオレと同じだ』

ヴォルガンはただただ語り続ける。

『平凡な者同士、手を取り合おうじゃないか。さぁ、手を』

問い。

しかし、俺の答えは決まっていた。

「断る」

『ならば戦争だ』

ヴォルガンは静かに答える。淡々と、先ほどのように声を荒らげることなく。

『残念だよカイル。お前とオレは仲間になれる……そう少しは思っていたんだけどな』

「なっ……!?」

突然、倒したはずのワイバーンが再び起き上がってくる。嘘だろ……あの一撃を喰らって起き上がるとか、普通はありえないはずなのに。

『ワイバーンのリベンジマッチ、サドンデスだ。少しばかり手を加えたから、まあ死なないようにしてくれ』

ワイバーンがゆっくりとこちらに顔を向けてくる。その口からは赤い炎ではなく、青い灼熱の炎が溢れ出していた。先ほどとは打って変わって、尋常じゃないレベルの魔力も感じる。明らかに能力値が跳ね上がっている様子だ。

ヴォルガンは『手を加えた』と言った。確か『魔物や魔族を自由に弄れる』能力を持っていると も言っていた。間違いなく、その能力を使ったのだろう。

「面倒なことをしやがって」

頭を掻きながら、俺は前を見る。

相手はかなり強力だが、もうやるしかない。

「二人とも！　行くぞ！」

「もう……！　仕方ないなぁ！」

「二回戦目ですね……！」

俺の声と同時に、二人は武器を生成する。しかし相手の能力は明らかに上がっている。何をしてくるか分からない以上、油断はできない。

「《ファイア》！」

「矢よ！」

二人が一斉に攻撃を開始する。メラメラと燃える炎は矢を取り込み、ワイバーンめがけ突撃。確実に当たった……のだが。

「ダメージはなさそう……だね」

「さっきまでとは違います。やっぱり強化されてますね……」

「だろうな。しゃあねぇか……二人とも、今回ばかりは一発本番だ。レッスンは飛ばして、一気にアクションしてもらう」

そう言いながら、俺は目前の相手を見据える。少なくとも先ほどまでの力任せな戦い方をしても勝てないだろう。ヴォルガン側はそれくらい対策済みと考えていい。

だから少しだけ工夫させてもらう。エリサとユイには無理をしてもらうことになるが……まあ仕方がない。これも経験だ。

「二人は俺のアシストをしてもらう。俺の行動を読み、的確に支援してくれ」

「ええ……できるかな」

「ちょっと……不安です」

「やるしかないんだ。大丈夫、俺は二人を信用している」

ぎゅっと拳を握り、ワイバーンに向ける。

「俺が指示を出す。多少無茶なことは言うが、できる範囲のことしか指示はしないから」

「分かった……！」

「分かりました……！」

「よし。それじゃあいくぞ」

刹那、俺は床を蹴り飛ばして相手に接近を試みる。

だが——。

「うぐっ……！」

青い炎が俺に向かっていくつも放たれてきた。拳で破壊しようとするが、先ほどとは違って当たった瞬間に鈍い痛みが広がってくる。こんな連続で攻撃を喰らっていたら、進むことなんてまともにできない。

「だよな……！　だからこっちは工夫させてもらうぞ！」

言って、俺は二人に向かって叫ぶ。

「エリサ！　お前は俺とユイにバフを頼む！　ユイは俺の進行方向にあるブレスを破壊していって

くれ！」

足をぎゅっと地面に擦（こす）りつけ。

「頼んだぞ……！」

一気にワイバーンへと走る。やっていることはさっきと同じだ。万が一エリサたちが失敗したら、俺はブレスを正面から喰らってダメージを受けるだろう。一発程度じゃ致命傷にはならないだろうが、何発か喰らったら俺も俺でお陀仏（だぶつ）だ。

だが——二人を信じている。

だから全力で走る。

「《攻撃強化》《防御強化》《炎特攻》！　盛り盛りだよ！」

「《ハイ・アロー！》　消し去ってください！」

エリサのバフは確かに、俺の体に伝わってきた。体の奥底から力が湧いてくる。ユイの矢は俺が突き進む先を切り開くかのように、ブレスを消滅させていった。俺でもブレスを消し去るのに苦戦するのに、二人の力があれば全然余裕じゃないか。

さすがだ。

ならば、次は俺の番だ。

二人が頑張ってくれたのだから、最後は年長者である俺がやる。

「ワイバーン!!」

切り開かれた道を突き進み、ワイバーンを正面に捉え、拳を打ち込むべき位置に見据える。まっすぐ、頭を狙って――放つ。

「オラァァァァ!!」

拳がワイバーンの頭に直撃する。鈍い音とともに、ワイバーンは何もできずに吹き飛んでいく。

本棚を破壊し、最後の最後には壁に激突した。小さく青い炎を吐いたかと思うと、ワイバーンは静かに瞳を閉じる。

「ふぅ……討伐完了。二人とも、ナイスだ」

「や、やった！　どうにかなったね！」

「やりましたね！　さすがはカイルさんです！」

二人が駆け寄ってきて、俺の手を握ってくる。まったく、こいつらは謙虚だな。

「俺じゃなくて、お前らがすごいんだ。よくやったよ」

言って、俺は息をつく。

「終わったぞヴォルガン。さっさと出てこい」

『やるじゃないかカイル。さすがはオレと同じ英雄になる男だ』

そんな声が聞こえたかと思うと目の前に闇が生成され、次第にヴォルガンの姿が見えてきた。フードを深く被った奴は手を叩きながら、満足そうに出てくる。相変わらず同じ存在だって言ってくるか。

「なにが英雄だよ。お前と一緒にするな」

「お前は英雄には興味がないのか？　すべてを手に入れたくはないのか？」

ヴォルガンは不思議そうに尋ねてくる。あたかも自分は間違ったことは言っていないかのように。

はぁ……こいつは本当に邪悪だ。自分が正しいかのように、間違った思想を押しつけてくる。

「違う。俺はただ、お前の言う英雄に興味がないだけだ」

間違った英雄のあり方に興味がないだけなのだ。

「俺はお前とは違う。正しい英雄になるって決めているんだ。一緒にすんな」

「ははぁ……言うようになったな。これだからオレはお前のことが好きなんだ」

ヴォルガンはケラケラと笑いながら、フードをゆっくりと翻す。

「……っ」

薄いグレーのような色の長い髪。紅い瞳がこちらを捉え、じっと見据えてくる。相変わらず外套のせいで体のラインは見えないが、少しばかり見える腕から筋肉質ではあるのだろう。

青年のようであり、少年のようにも捉えることができる男は言う。

「一応最後に念のため。本当にオレと手を取り合うつもりはないんだな」

「……ない。生憎とお前に心を開けるような人間じゃないんだ」

「そうか。残念だ」

ヴォルガンはゆっくりと近くにあった壊れた本棚に近づく。彼が破壊された棚に触れると、みるみると修復されていく。そして、訪れた最初の時のように本が収納されていた。それらの本の背をゆっくりと撫でたかと思うと、こちらにくるりと体を向けた。

「勝負をしよう。最終決戦だ」

そして、ヴォルガンは手を突き出す。その動作と同時に、周辺の景色が吹き飛んだ。

パズルのように剥(は)がれ墜(お)ちていき、気がついた時には辺りは広い空間になっていた。

「武器を手に取り、殺意と意志を込め、己の正義を信じて戦い合うんだ」

ヴォルガンは手のひらを広げ、少しばかり口角を上げる。

「お前の正義とオレの正義、どちらが正しいのか決着をつけよう」

そう言った刹那、こちら側に向かって風が吹き荒れる。

「っ……！」

闇色の風だった。すぐに視界は黒に閉ざされ、ただ吹き飛ばされないように体のバランスを取ることしかできない。別になんてこともない風ではあるのだが、視界が奪われた以上、下手に動くのは危険だ。今は防御の姿勢を維持しつつ――。

「当たれ」

構えた瞬間のことだった。

何かが弾(はじ)ける音が聞こえたかと思うと、気づいた時には目の前に球体があった。

「なんだこれ――」

脳が理解をする前に、球体が一気に俺へと加速する。防御の姿勢を取っていたが、その球体は遠慮なく突っ込んできた。腕で受け止めるが、あまりの威力に直撃した瞬間に爆風が吹き荒れる。

「カイル!!」

「カイルさん!!」

衝撃で周囲に立ち込めていた闇色の風は消え去り、視界がクリアになった。

しかしながら、そんなことよりも俺は相手の攻撃を受け止めた反動で腕に痛みを覚えていた。

「ふう……少し痛かったぜ」

額に汗が滲む。これがヴォルガンの力……なのか。

正直、想像以上のものだ。

「すごいな。さすがはカイルだよ。しかしそうか。お前には耐えられるか」

「ははは……褒めても何も出ねえぞ……！」

俺のステータスは人間を逸脱している。どんな攻撃すらも大抵は平気だ。けれども、久々に痛みを感じた。少なくとも……可能性として相手のステータスも俺と近しいもの、と考えることができる。

「クソが……！　どう考えてもエリサたちが危ないじゃねえか！」

俺と同等ということは、普通に考えてエリサたちでは限界がある。

彼女たちは強い。だが、それと同時に普通の人間なのだ。

俺は咄嗟に体を動かし、エリサたちの方向へと走る。

「やっぱりだ！」

案の定、球体は俺だけではなくエリサやユイの方にも飛んでいっていた。

二人は防御態勢に入っているが、あれに当たってしまったら最悪の事態にもなりえる。

「よっ、とっ……！」

「大丈夫!?」

二人の前へと飛び込み、エリサとユイへと進んでいた球体を身を挺して受け止めた。轟音が響き渡り、体に衝撃が走る。

嘆息しながら汗を拭い、ゆらりと立ち上がる。

「問題ない！　注意しろ、あいつは平気で殺しにくるぞ！」

当たり前のことだ。しかし……久々にこんな殺意を向けられた。

俺は汚れた衣服をパンとはたき、ヴォルガンの方を見据える。

拳を構え、息を吸い込んだ。

「お前……卑怯なことすんなよ。女の子を狙うなんて真似、未来の英雄がするなんて思えねえなぁ」

俺は相手に向かって叫ぶ。

目の前にいる敵——ヴォルガンはふむと考えるようなそぶりを見せ。

「確かにそうかもしれないな。女を直接いたぶるのは主人公らしくはないかもしれない」

そう言って奴はにやりと笑う。

「ならばオレは女に攻撃はしない。しかし、あくまで『直接は』だ」

何やら口を動かしたかと思うと、影がこちらに伸びてくる。影は魔物へと変化し、二人の前に立ちはだかった。

「見えない……壁だと……」

先ほどまでエリサたちに届いていた俺の手は、見えない壁によって阻まれた。

壁の先では、魔物と相対している二人の姿が見える。

「さて、さっきの攻撃はなかなかに自信があったのだがな」

言いながら奴は詠唱を口ずさみ、続ける。

「やはりオレはこちらの方が向いている。ここは自分の得意分野で戦うべきだ」

刹那、あらゆるところに魔法陣が生成される。何が起こるんだと身構えていると。

「魔族を……召喚した……!?」

俺は目の前で発生した現象を理解することができず、ただ困惑してしまう。召喚士という職業がある通り、人や魔族は魔物を召喚することができる。しかし、人が人を召喚することはできないだろうと言われていた。知能が高い生物ほど、召喚するのが難しいからだ。

不可能ではないが、極めて高い技術力が必要だ……という話はあるけれど。

「オレはこういうのが得意でね。幼い頃から、誰かを操るのが憧れだったんだ」

「ははぁ……趣味が悪いな」

「英雄は人の上に立つものだろう?」

「皮肉みてえなこと言うな」

ぐっと拳を構え、魔族を見据える。人数にして数十人。魔族という時点で討伐難易度は飛躍的に上がる。それも、ヴォルガンが召喚したものに弱いものなんていないだろうから、恐らくSランクは確実だろう。

Ｓランク想定が数十人か。それに、エリサたちとは離れ離れ。

「やるしかねえよな」

二人を早く解放しなければならない。簡単には負けないだろうが、戦闘が続いたら話は別だ。

体力の限界までくると、油断をすれば死が襲ってくる。さっさと、ヴォルガンを殴らねえと。

「それじゃあ、来てくれ。お前がオレの能力に勝てるのか楽しみだよ」

「そうだなっ!!」

俺は地面を蹴り、一気に魔族の方へと駆け出す。走り抜け、一人の魔族の懐に潜り込んだ。

「まずは一人！」

相手の腕を掴み、そのまま地面に放り投げる。衝撃に耐えることができず、魔族は静かに消滅した。

「なんだ？　本物じゃないのか？」

普通なら倒されても魔族は消滅したりはしない。実体じゃないのかとも思うが、確かに触れることはできた。

「魂だけ借りているからな。そっちの方が処理が楽だろう？」

「……最低だな。どこが英雄だよ」

「平和は犠牲の上に成り立つものなんだよ」

「目指すものじゃねえよ」

先ほどの動きから見て、恐らく致命傷を与えなくても消滅はする。そうすれば、本体は死にはせず気絶程度で済むはずだ。少しばかり面倒な技だが、これだけはしっかりとしなければならない。

ヴォルガンの思想のアンチテーゼにならなければならないと思ったからだ。

「全員、魔法を放つ準備をしろ」

ヴォルガンが静かに魔族へと指示を出す。すると、魔族はゆっくりと手のひらを俺に向けてきた。

「さて、避けることができるかな。カイル」

数十人からの魔法攻撃。これ、普通に考えてめちゃくちゃヤバいな。

タイミングを間違うと一気に持っていかれる可能性が大きくある。

だが。

「……やってやるよ！」

「オレはね、遠慮という言葉が嫌いなんだ」

そう言いながら、ヴォルガンが腕を振るう。すると魔族たちは瞬時に移動し、俺を囲うようにして位置を取る。

水平方向だけではない。垂直方向にも、三百六十度完全に包囲されている。

「確かに遠慮がないな」

避けることができるかと問うてきたくせに、避けさせる余裕は与えないってか。

遠慮という言葉が嫌いと言うだけある。遠慮なんて微塵も感じない戦法だ。

一切合切躊躇なく全力でこちらに攻撃を仕掛けるつもりなのだろう。

「魔族数十人からの一方的な攻撃。お前ならどうにかしてくれるだろう？」

まったく、期待されるのは嫌いなんだ。

しかしだ。

ともあれこいつの喋り方。人との関わり方。

それらがどうも人間味があって調子が乗らない。

勘弁してほしいところだ。

「さて」

俺がそう言うと、ヴォルガンはにやりと笑う。

「考えごとをする、か」

「察してくれたか」

こんな絶体絶命な状況下で、俺は『余計なこと』を考えていた。

つまりどういうことか。オッサンを舐められちゃ困るってことだ。

「面白い。全員、やれ」

ヴォルガンの声と共に、魔族たちは魔法を放つ。

一方的な暴力。

一方的な蹂躙。

それらの言葉が相応しいであろう攻撃だ。普通の人間ならば跡形もなく消えていたところだろう。

何度も言う。

俺が普通の人間だったら、だ。

「はは、ギリセーフ」

ぐっと足で床を踏みしめ、ヴォルガンの方を見据える。

「生き残ったか……さすがだよ。カイル」

ヴォルガンは拍手をしながら、笑顔を浮かべる。額から流れる汗を拭い、彼は拍手を続ける。

「お互い強いな。あまりにも強すぎる」

意味ありげに呟き続け、ふうと息をついた。そして、手を差し出してくる。

「これ以上の戦いは無駄だろう。それを踏まえた上でもう一度答えてくれ。オレと友人にならないか」

ちらりと視線を俺の後ろにやる。

「彼女たちも強いな。ずっと観察していたが、魔物たちをしっかりと倒している」

エリサとユイのことを言っているのだろう。俺も背後を振り返ると、二人の姿が見えた。

ふと目が合うと、俺にグッドサインを送ってくる。ともあれそれくらいの余裕はあるらしい。

心配はどうやら杞憂だったようだ。

「最強同士がこれ以上争っても時間の無駄だ。なあカイル。オレと友人になろう。一緒に世界を平和にするんだ」

「なぁ」

俺は嘆息し、頭を掻きながら相手を見据える。

「確かに俺たちは強すぎる。いや、自分のことを最強だなんて一度として思ったことはないし思わないようにしている。けれど、俺とお前との実力は近いかもしれない」

言いながら、睨めつける。

「俺は友人になるつもりはない。最後の最後までお前を潰す気でいる」

構える。

拳が軋む。

「証明するんだろう？　どっちが本物の英雄譚かを」

そう言うと、ヴォルガンは苦笑した。なんともいえない表情を浮かべて、静かに笑う。

「ははは、そうか。そうだよな。分かっているよ。これは戦争だもんな」

彼は額に手を当てて、肩を揺らして乾いた笑いをする。

しかし、すぐに落ち着いたようでゆっくりとこちらを見た。

「今回お前の実力を見て分かったよ。戦いたくないなぁ……カイル」

「遠慮すんのは嫌いなんだろ？　本気出せよヴォルガン」

「もうギリギリだったんだけどなぁ……」

ヴォルガンは静かに手のひらを大きく広げ、息を吐く。乾いた笑みを浮かべて、俺をじっと見てきた。

「舐めてたよ。だからギリギリじゃなくて、本当に最後の最後。本気を出さないといけない」

「ううわぁ!?　急に魔物が消えた!?」

「壁も消えてます！　カイルさん！　大丈夫ですか!?」

「二人を解放した……？」

ヴォルガンの行動に違和感を覚える。どうしてわざわざエリサたちを解放したんだ。

本来なら、俺とは絶対に合流させないと思うのだが。

「どうしてかって？　だからギリギリだったんだよ。ギリギリだったのに、最大限を出せってお前が言うんだ。そりゃ個別の面倒なんて見れない」

言いながら、ヴォルガンは目を閉じる。そして、口ずさんだ。

「《幻魂・終着》」

刹那、数多の魔族が召喚される。

「な、なんだ!?」

「どういうこと!?」

「こ、これは一体……！」

人数は……数え切れない。少なくとも数十人という規模ではない。数百人。恐らくそれくらいだろう。魔族をこんなに大量に召喚するって……一体何をする気だよ。

「もうギリギリじゃない。これが限界だ。カイル」

そして、魔族たちが消えた。否、彼が発した言葉の通り終着したのだ。

魔族は魂となり、ヴォルガンに吸収されていった。

「こんな技、ありかよ……」

ヴォルガンはゆっくりと目を開き、俺を見据える。

「カイル。お前はオレの英雄譚には必要ない」

獣のような、魔獣のような。ありえない量の魔力が彼から溢れ出してくる。

「キツい……わね……」

「今にも倒れそうです……」

「ああ。これ、圧がやべえ」

ヴォルガンは手を広げ、ゆっくりと歩いてくる。一歩、一歩と近づいてくる度に足が震えた。

重力が何十倍にも増大したかのような感覚だ。

「これがオレが編み出した技だ。これが魔王に認められなかった技だ。これがオレの終着点だ」

ヴォルガンは語る。語りながら、こつこつと床を鳴らす。

「限界の勝負だ。カイル」

「ははぁ……魂の吸収か。お前の体に、今何百人もの魂があるってわけだな。そりゃ、そんなに強くもなるよ」

俺は重たい体を動かし、前を見る。こいつが奴の本気。ギリギリを超えた限界の領域。

「恐れたか？」

ヴォルガンが尋ねてくる。どこか達観した様子にも感じられた。しかしながら俺の答えはこうだ。

「イージーゲームだよ。ヴォルガン」

「さすがだ」

刹那、奴が手を掲げたかと思うと巨大な波のような何かがこちらに飛んでくる。

音速の一撃だった。

「カイルさん!!」

「カイル!!」

俺は避けることもできずに、波に呑まれた。ガツンと壁に当たり、体がミシミシと軋む。

「はは……やっべ」

俺は苦笑しながら、遠くにいるヴォルガンを睨めつけた。

「げほっ……はは」

俺は打ちつけられた体の痛みを堪えながら、のろのろと起き上がる。さっきまで壁なんてなかったのにな。多分ヴォルガンが生成したのだろうが、殺意が高すぎる。

「血が出てきた。これ、何年ぶりかな」

口から溢れてきた血液を手で拭い、少し笑ってしまう。相当な力で打ちつけられたのだろう。

なんたって、俺のステータスはぶっ飛んでんだ。

ぶっ飛んでるステータスに対して、ダメージを与えることができた事実に驚いてしまう。

「そうか。攻撃は通ったか。ここまでしてやっとか」

ヴォルガンは呟き、手を向けてくる。

「さ、させない！」

「ダメです！」

対して、エリサたちは咄嗟の判断で奴に攻撃を撃ち込む。だが、それはほとんど無意味に近かっ

た。攻撃は確かに当たった。しかし決して届くことはなかったのだ。

彼の力は今、既にほぼすべての者を凌駕(りょうが)している。

「う、嘘……！　ヤバい！」

「カイルさんが……！　攻撃、通ってください!!」

何度も何度も攻撃を撃ち込む。しかし無意味。ヴォルガンには、ダメージは一切蓄積されていない様子だった。彼は二人には見向きもせず、俺に手を向ける。

「攻撃が少しでも通ったなら、死ぬまで攻撃を一方的に続ければいいだけだ」

「……来いよ。ヴォルガン」

瞬間、数多の魔法陣が空中に浮かび上がる。

幾重にも分散し、広がり、魔法陣は急速に回転を始める。

「《遺失ノ雨》」

数多の魔法陣から槍(やり)が一斉に放たれる。音速以上の速さで迫ってきたそれらは、いとも簡単に俺の体を貫いた。さながら雨のように、降り注いでくる。

槍が突き刺さる衝撃で体が揺れ動き、血が溢れ出してくるのが分かる。

これがヴォルガンの力。

最強だ。

強すぎる。

あまりにも強すぎる。

こんなのを相手にしたところで、負けは確定している。

「はっ……はぁ……」

俺が普通の人間だったら。

「生きてるな……ギリギリ生きてるよ……」

肩、腹、足、あらゆるところに突き刺さった槍をゆっくりと引き抜く。そして、魔法の知識がほぼない俺でもできる簡単な回復魔法を発動した。同時にゆっくりと体が治癒していく。

「お前は最強だ。危うく死ぬところだった」

最後の槍を引き抜き、俺はぐっと握りしめる。

「だが、ここで死んだらお前の歪んだ英雄譚が正史になっちまうからな。これくらいで死ぬわけにはいかない」

槍を握り潰し、ヴォルガンを睨めつけた。

「どうやら、俺の方がお前より強いらしい」

「……そうか。この攻撃から生き抜くか。そうか……そうか……」

ヴォルガンは顔を手で覆い、笑みを浮かべる。しばらく笑った後、ふうと息をついた。彼は今にも崩壊してしまいそうな表情を見せて、唇を噛んだ。

「さっきのがオレの最強の技だよ……っ！　これ以上のものは期待しても出てこない！」

先ほどまでの冷静さとは打って変わって、さながら少年のような口調になる。何度も地面に足を打ちつけて、自分の体を傷つける。

それと同時に、彼は決意めいた表情を浮かべた。

「でも負けるわけにはいかないんだ……分かっている。分かっている。お前がオレより強いって！　オレよりも遥かに上だって！　でも……オレには理想がある、オレには願いがある。オレが絶対に主人公にならなきゃいけないんだ……！　ならなきゃ！　いけないいんだ！」

声と同じように、体を震わせながら叫ぶ。心の底から、腹の底から叫んでいる。

でもよ。

「生憎と俺もだ。なぁヴォルガン」

「分かっているさ！　オレたち……いや、オレができることは一つしかない。選択肢なんて残されていない……！」

ヴォルガンは声を震わせながら叫ぶ。

「お前が主人公だなんて認めないっ！　こんな人生、最期、みっともないままなのは嫌だ！」

「分かっているよ。なぁヴォルガン」

俺は拳を突きつけ、相手を睨めつける。

「死ぬまで付き合ってやるよ」

「ちょ、ちょっと!?」

「わ、わたしはどうすれば!?」

俺の発言に驚愕を呈したのは、エリサたち二人だった。

まあ、そりゃ突然そんなことを言われたら誰だって驚くだろう。

「二人は見学だ。悪いがオッサンに任せてくれると嬉しい」

言うと、二人は動揺しているようだった。しかしながら、少し考えるそぶりを見せた後。

「も、もう！　なんか分からないけど任せた！　私にできることなんてないだろうし！　レベルが高すぎるのよ！」

「右に同じです！　カイルさんがそう言うなら、わたしは従います！」

「色々とすまないな」

俺は二人に手を振って、前を見る。ヴォルガンは紅い瞳をこちらに向け、自分ができる限りの笑みを浮かべている様子だった。瞳孔は震えているのに、体は怯えているのに。

「やってやるよ！　お前が……主人公は……オレだって——証明するんだ！」

「お前もな。こっちも準備はできている」

お互い見つめ合い、静寂が訪れる。静かに向かい合った後、俺は拳を構えた。

同時にヴォルガンも構える。冷静さなんて今はもうない。ただ、目の前の俺を、敵を、宿敵を殺すことだけを考えているようだった。

「当たれ！」

攻撃——しかし俺は放たれた魔法を殴り潰す。先ほどまでもろに喰らってきたが、だいぶ目が慣れてきた。ダメージは蓄積されるが、殴って消し去る方が幾分かマシだ。

「なんで……なんでなんだよ！　どうしてなんだよ！」

何度も何度も、ヴォルガンはがむしゃらに同じ魔法を使ってくる。繰り返し攻撃を仕掛けてくるが、俺はそのすべてを封じた。すべて、無効化した。

「どうした。今までの自信はどこに行った。俺を見下していた、あのお前はどこに行ったんだ？」

言うと、ヴォルガンは唇を噛みしめる。あまりにも力を込めすぎたのか、彼の口からは血液が流れ出していた。

「お前の正義ってのは、こんなもんなのか？」

「うるせえ！　オレは……自分が信じた正義を信じている！　魔王を殺し、地位を手に入れ、すべての生命を選別する！　そうすれば世界は平和になり、そしてオレは真の英雄になれると！」

ヴォルガンの攻撃は強力だ。

殴る度に拳から血が滲んでいるのが分かる。だが、こっちにも信じている正義があるんだ。

俺は少なくとも、ヴォルガンの言っている正義が正しいとは思えない。

「生憎と俺はそうは思わないな」

生命の選別だ？　んなもん俺は絶対に納得なんてしない。そもそも、生命はそう上手く作られてはいないんだ。不器用で、馬鹿で、どうしようもない。だからこそ、俺たちは手を取り合わなければならないんだ。

「うるさい……うるさいうるさいうるさい！　黙れよ！　いいから黙れよ！　オッサンがうぜえんだよ！」

ヴォルガンは目を真っ赤に染めて叫ぶ。呼応するかのように、彼が身につけている衣服が揺らめいた。

「オレは……誓ったんだ。小さい頃、クソ弱かったあの時、オレは決意したんだ！　必死で努力して、死ぬ気で勉強して、この世界の主人公になるって！　嫌だったんだ……！　クソ弱かったオレ自身が！」

「誓った結果、お前は人を殺した」

「殺してなんかいない！　戦略だ……計画だ！　必要な犠牲ってのがあるだろ……？　お前には分かるよな？　何かを達成するには、何か犠牲が必要だ。何かを得るには、代償が必要だ。だから……オレがやっていることは正義なんだ！」

彼は叫びながら手のひらを天に掲げる。数多の魔法陣が生み出され、派生し、分岐し、枝分かれしていく。赤い魔法陣は大きく回転を始め、

「《遺失ノ雨》ッ！《遺失ノ雨》ッ！《遺失ノ雨》ッ！」

数百もの槍が俺に降り注いでくる。突き刺さり、肉を抉り、内臓を貫かれた。

「《遺失ノ雨》ッッ！」

しかし、すべてが無効と化した。俺は刺さった槍を引き抜き、同時に治癒を始める。抉られた傷も、貫かれた臓腑も、一切無事であった。

「残念だな」

俺は最後の槍を引き抜き、ヴォルガンを見る。

「お前がやろうとしているのは自分の理想論の押しつけだよ。それは英雄でも主人公でもない」

何が英雄だ。何が主人公だ。こいつがなろうとしているのは正義のヒーローでもなんでもない。

自分の都合がいい世界を望む愚者だ。ただのガキだ。そして。

「ただの支配者だ。馬鹿野郎」

俺はそう言って、拳を向ける。

「ヴォルガン。お前は犠牲になった者たちと共に眠れ」

刹那、俺は最大限の一撃をヴォルガンに当てる。直撃した瞬間、衝撃波が周囲に轟いた。

ヴォルガンは耐えることもできずに、そのまま吹き飛ばされてしまう。

遠くの壁に激突したかと思うと、次第に景色が再生されていく。

気がついた時には本だらけの部屋にいて、ヴォルガンは本の山の上に横たわっていた。

「カイル!!」

「カイルさん!!」

勝負が決したとみたのか、エリサたちが駆け寄ってきた。

「ちょっと待ってくれ」

俺は二人を制し、前を見る。本の山の上に横たわっているヴォルガンがゆっくりと手を上げたのだ。まだ生きている時点で、勝負は決まっていない。

最後の最後までやる責任が、まだ俺にはある。

そう思い、ゆっくりとヴォルガンの方へと歩き始めた。

「ああ……悔しいなぁ……どうしてだよ……」

彼は涙を流していた。己の人体、その腹に開いた穴を触りながら涙を流していた。

「死ぬのか……オレ……オレは……ここまで、して……」

赤い液体が本を濡らしていた。液体によって、本はしわくちゃになり、もうほぼ読めない状態に近い。

俺はただ、目の前で血液を流している彼を眺めた。

「オレは……間違っていたのかな。すごく努力したんだけどなぁ……」

「間違っているよ。お前は命を弄びすぎた」

「ははは……もう何も言わない。強いお前が言うんだからさぁ……」

「分かってねえな。強さとかそんなのは関係ないっつうの」

嘆息しながら頭を掻き、床を見る。

真っ赤だ。

もうヴォルガンに残された時間は残り少ないだろう。

あともって数分、くらいか。

「……オレはよ。カイル」

ヴォルガンはゆっくりと俺に手を伸ばす。彼の目には液体が滲んでいた。

「なんだ」

血ではない。

透明な液体だった。

「オレはこんなになってもなれなかったのに……主人公になれるお前が羨ましいよ」

「俺は別に」

「いや、お前は主人公だ。オレは……ひねくれちまった」

言いながら、ヴォルガンは大きく息を吐く。

「お前が言っていた通りかもしれないな。オレは英雄じゃなくて、支配者。悪役になろうとしていたのかもしれない」

「否定はしない」

「別に肯定は望んでいないさ」

独りごちて、ヴォルガンは俺を見据える。

まっすぐと見つめてきて、拳を上げた。今は悪党の目なんかじゃない。ただ純粋な、悔しそうな表情を浮かべていた。

「認める。オレは間違っていた。とんでもない罪を犯してしまった」

それと同時に。

「でも、英雄になりたかったのは本当だ。主人公になりたかった」

だから、とヴォルガンは言う。

「ひねくれたオレの代わりに、お前がちゃんと主人公になってくれ。お前なら、お前たちならなれるだろ？」

「……」

俺は頭を掻き、ちらりとエリサたちの方を見る。

彼女たちは少しばかり悩んだそぶりを見せた後、こくりと頷（うなず）いた。

「はぁ……任せてくれ。お前の遺志は俺が継ぐ。なってやるよ、主人公にさ」

そう言って、初めてヴォルガンに対して拳をぶつけた。

こつん、とぶつかった後。

静かにヴォルガンは拳を下ろした。彼の魔力が、どんどん消えていくのが分かる。彼の血液が、どんどん床に溢れていく。

「お前は……悪だよ」

俺は彼の最期を見届けた後、大きく息を吐きながら踵を返す。

「帰るぞ。目的は達成した」

「うん」

「は、はい」

本に溢れた部屋を歩いていると、エリサがぼそりと呟いた。

「主人公、かぁ」

呟いて、ごくりと言葉を飲み込んだ。

まったく、悪役ってのはどうして面倒な奴らばっかなんだろうな。

エピローグ

　星を見ていた。太陽は沈み、夕方を越え、今は夜だ。涼しい風が頬を撫でるのを感じながら、俺は息をつく。王都とはいえ、宮廷の窓からは数多くの星が見える。少し視線を下げてみると、城下町の明かりが見える。宮廷から見る夜景だなんて、贅沢すぎて少しばかり恐縮してしまう。俺は、少し感慨深い気持ちになりながらゆっくりと星々に手を伸ばしてみた。

「あ」

「よっと！」

「なーに黄昏れているんですか？」

　エリサとユイが伸ばした俺の手を握ってきた。少しびっくりしてしまうが、俺はそのまま手のひらを月へと重ねた。

　今日は満月だ。月明かりで二人の顔がよく見える。

「なぁ。俺はさ、今まで自分のことを卑下して生きてきた」

「そう？」

「ですかね？」

「そうだ。俺は、昔から自分に自信がなかったんだ」

　俺は経験上、自分の弱さを痛感することがよくあった。追放されて以降は、本当に苦しい生活をしていた。当時は誰からも信用されていなかった。【晩成】の片鱗が見えてからも、それは変わらなかった。

「でも……お前たちと出会って、旅をした時間を通して、少しだけ自分に自信を持てるようになった。感謝しているよ」

「なに急に〜？　もしかしてオッサン病発症？」

「回りくどいですよ？」

「ははは。だって、俺はオッサンだからな。はっきり言うのは照れくさいんだ」

でも。間違いなく言えることは。

「お前たちと出会えて、俺は知らない世界をたくさん見られた。経験もできた。色々とあったけど、俺は多分幸せ者だ」

「つまり……私たちに感謝したいわけだ！」

「えへへ……でもでも」

そう言いながら、二人は俺の前に立つ。月明かりに照らされる二人は、いつもより綺麗に見えた。

「今更すぎ！　私たち、仲間なんだからさ！」

「そうですよ！　自信を持ってください！」

そっか。

仲間、か。

俺にも……仲間ができたんだな。

「これから、もっと頑張ろうな。そして、もっと冒険しよう」

「当たり前でしょ！」

「もちろんです！」

そう言って、俺たちは一緒に手のひらを月に向かって掲げた。綺麗だ。

「ちょーっと失礼しますね。皆様方、そろそろ時間の方を気にしていただきたいですね」

「全員待ちわびているぞッッッ！」

「あのぉ～リエトン伯爵さん～。ものすごく暑苦しいですぅ。あ、カイルさんたちは早くしてくださいねぇ。国王様もずっと待っていますよぉ」

クソ医者とリエトン伯爵、ルルーシャさんが扉からひょっこりと顔を出して一斉に時計を指さしていた。あ、まずい。そんな時間だったか。俺が会釈すると、三人は満足そうに扉をゆっくりと閉める。

「あ……！　そろそろ時間！　準備準備！」

「そうです！　あとはカイルさんだけですよ！」

言って、二人が俺の背中を押してくる。

「わわっ……俺、こういうの苦手なんだけどなぁ……」

「まぁまぁ！　せっかくなんだから！」

「そうですよカイルさん！」

「でもなぁ……」

俺は鏡に映る自分の姿を見据える。

全く似合わない正装だ。

エリサたちも可愛(かわい)らしい衣装を身につけて、どこかニヤニヤと楽しげな表情を浮かべている。

まあ、そりゃ当然だ。

「勇者の称号授与式なんですからね！」

「ビシッとして！」

「……それもそうか」

俺は大きく息を吐いた後、ぎゅっとネクタイを締める。

今日、俺たち『英雄の証(あかし)』は勇者の称号を得る。彼女たちにとって、夢が実現される記念すべき日なのだ。最初の頃の二人を思い返してみると、よく頑張ったなと思う。まだまだ未熟とも言えたパーティーだったのに、今はもう立派な勇者たちだ。

とはいえ……俺も俺で勇者の称号を得ることになった。昔はこういうのは苦手で避けてきたんだけど、今は少しだけ良いかなと思う。

なんたって俺は、これよりもっと先を目指しているのだ。

それは――『英雄』になること。今はまだ魔族との共存は難しいかもしれない。でも……だからこそ今俺がするべきことはハッキリとしている。

オッサンの俺にとって、こんな言い回しは恥ずかしいことだって分かっている。

でも——俺は『英雄』と呼ばれる存在になるって決めたんだ。

英雄になって……誰も苦しむことのない平和な世界にしたい。夢物語だってのは自分でも理解している。だけど……今まで見てきた惨劇を繰り返したくはないんだ。

絶対に英雄になる。それが俺の、新たな目標だ。

「お前ら、緊張しているか？」

尋ねると、エリサとユイは顔を見合わせて横に首を振った。

「全然！」

「嬉しさの方が勝ってます！」

「そりゃいいこった」

俺は肩を回しながらくるりと踵を返す。鏡に背中を向け、前を向いて歩き始めた。

それを見て、二人は俺の隣に並んでくる。

「カイルはどうなの？　緊張してる？」

「どうなんです？」

二人が俺の顔を覗き込んできた。どこかいたずらめいた表情を浮かべている。

まったく、こいつらは人をからかうのが好きだな。

俺は嘆息しながらも、少し考えるそぶりをしてみせ。

「全然。最高な気分だ」

そう言って、俺は扉を開いた。

同時に、割れんばかりの拍手が巻き起こった。

「「勇者一行のお通りだぁぁぁぁぁぁ!!」」

久々に健康診断を受けたら最強ステータスになっていた
～追放されたオッサン冒険者、今更英雄を目指す～

巻末資料
初期キャラクターデザイン

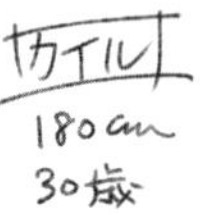
カイル
180cm
30歳

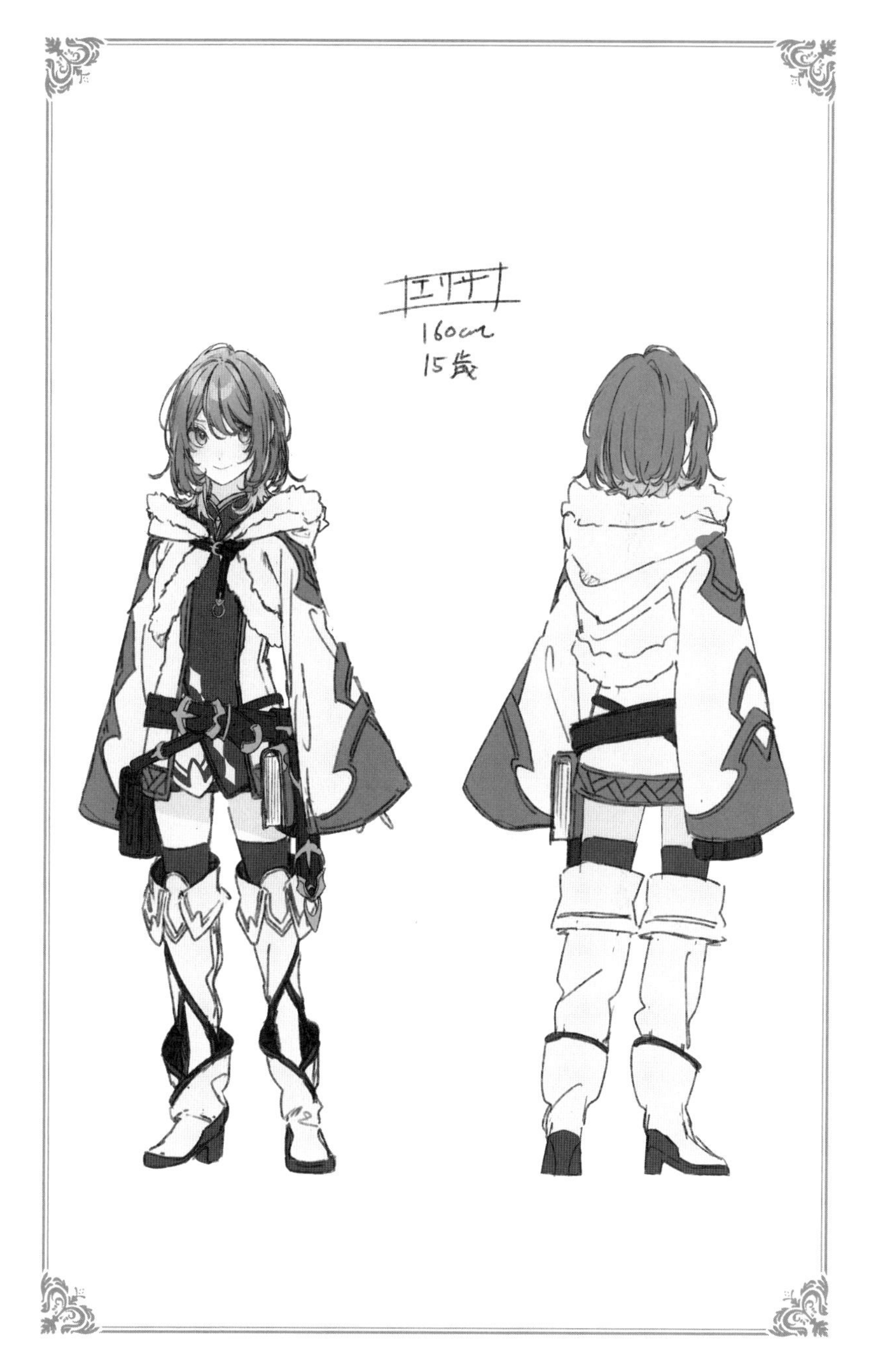
エリサ
160cm
15歳

ユイ
15歳
155cm

ヴォルガン
20歳
170cm
リエトン
40歳
185cm

久々(ひさびさ)に健康診断(けんこうしんだん)を受(う)けたら最強(さいきょう)ステータスになっていた ～追放(ついほう)されたオッサン冒険者(ぼうけんしゃ)、今更英雄(いまさらえいゆう)を目指(めざ)す～ 1

2024年4月25日　初版第一刷発行

著者　夜分長文
原案　はにゅう
発行者　山下直久
発行　株式会社KADOKAWA
〒102-8177　東京都千代田区富士見2-13-3
0570-002-301（ナビダイヤル）
印刷・製本　株式会社広済堂ネクスト

ISBN 978-4-04-683554-3 C0093

企画　株式会社フロンティアワークス
担当編集　近森香菜／前野遼太（株式会社フロンティアワークス）
ブックデザイン　鈴木 勉（BELL'S GRAPHICS）
デザインフォーマット　AFTERGLOW
イラスト　桑島黎音

本シリーズは「小説家になろう」（https://syosetu.com/）初出の作品を加筆の上書籍化したものです。

「こぼれ話」の内容は、
あとがきだったり
ショートストーリーだったり、
タイトルによってさまざまです。
読んでみてのお楽しみ！

アンケートに答えて著者書き下ろし「こぼれ話」を読もう！

よりよい本作りのため、
読者の皆様のご意見を参考にさせて頂きたく、
アンケートを実施しております。

奥付掲載の二次元コード（またはURL）にお手持ちの端末でアクセス。

↓

奥付掲載のパスワードを入力すると、アンケートページが開きます。

↓

アンケートにご協力頂きますと、著者書き下ろしの「こぼれ話」がWEBで読めます。

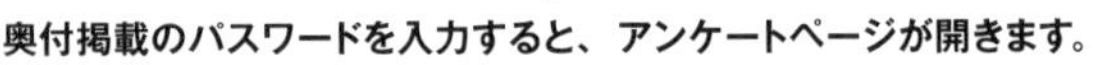

- PC・スマートフォンに対応しております（一部対応していない機種もございます）。
- サイトにアクセスする際や、登録・メール送信時にかかる通信費はご負担ください。
- やむを得ない事情により公開を中断・終了する場合があります。